Nina Ohlandt

Nun schweigst auch du

Über die Autorin

Nina Ohlandt wurde in Wuppertal geboren, wuchs in Karlsruhe auf und machte in Paris eine Ausbildung zur Sprachlehrerin, daneben schrieb sie ihr erstes Kinderbuch. Später arbeitete sie als Übersetzerin, Sprachlehrerin und Marktforscherin, bis sie zu ihrer wahren Berufung zurückfand: dem Krimischreiben im Land zwischen den Meeren, dem Land ihrer Vorfahren.

Nina Ohlandt

Nun schweigst auch du

Nordsee-Krimi

be THRILLED

beTHRILLED

Vollständige ePub-to-Print-Ausgabe des in der Bastei Lübbe AG erschienenen eBooks »Nun schweigst auch du« von Nina Ohlandt

beTHRILLED by Bastei Entertainment in der Bastei Lübbe AG

Dieses Werk wurde vermittelt durch die agentur literatur Gudrun Hebel.

Textredaktion: Stefanie Zeller
Lektorat/Projektmanagement: Rebecca Schaarschmidt
Covergestaltung: Christin Wilhelm, www.grafic4u.de unter Verwendung von Motiven von © shutterstock: Anna Lurye und alexnika
Satz: 3w+p GmbH, Ochsenfurt
Druck: Books on Demand GmbH, Norderstedt

ISBN 978-3-7413-0051-6

www.be-ebooks.de
www.lesejury.de

FSC www.fsc.org
MIX
Papier aus verantwortungsvollen Quellen
Paper from responsible sources
FSC® C105338

Hinweis für die Leser:
Die Kurzromane um John Benthien und sein Team sind zeitlich *vor* den Romanen angesiedelt.

Die Reihenfolge:
Schlaf in tödlicher Ruh
Keine Seele weint um mich
In der heißen Sonnenglut
Nun schweigst auch du
Ist so kalt der Winter

Anfang Oktober

Möwen am Baggersee

Er war tief, dieser Baggersee, doch in seinem klaren Wasser spiegelten sich der Himmel, weiße Wolken, herbstmilde Bläue, Sonnenglitzern. Die kreisenden Möwen, die neugierig das Ding tief unten im See beäugten, waren sich nicht schlüssig, ob es eine Bedrohung war oder etwas Leckeres zu fressen. So schrien sie zur Vorsicht und hielten Abstand.

Das Ding war erschreckend groß, wie es da im Wasser schwebte. Haare umwaberten es wie lange, dünne Fäden, Laichkraut und Wasserpest hielten es an dem alten, abgebrochenen Baumstamm gefangen, der seit Jahren in dem renaturierten See lag, besiedelt von wirbellosen Tieren, ein wunderbares Versteck für kleine Fische.

Offenbar auch für seinen Gefangenen, der mit Handschellen an einen Ast fixiert war. Doch inzwischen hatte er Auftrieb bekommen, und nur die Fesseln verhinderten ein Aufsteigen aus dieser tiefen Zone, die kaum jemals das Sonnenlicht sah. Ein Hecht schien sich einen Spaß daraus zu machen, mit den Beinen des Toten Fangen zu spielen. Ab und zu schnappte er auch nach einem der ausgestreckten Finger.

Eine Sektflasche platschte ins Wasser und erschreckte die Möwen. Sie kreischten noch lauter und flohen gen Himmel. Das Ding bewegte sich heftig mit den entstehenden Wasserwirbeln, als ein junger Mann von einem nahegelegenen Steinquader, der am Steilufer ein Stück aus dem See herausragte, ins Wasser sprang, um für seine Freundin den kostbaren Sekt zu retten. Er streifte verschrumpelte weiße Haut, die dabei war, sich abzulösen, und einen Fuß, der seinen Schuh verloren hatte. Er wollte schreien, schluckte Wasser, geriet in Panik, würgte und schaffte es endlich mit letzter Kraft an die Oberfläche.

Der Schrei, der aus ihm herausbrach, war wild und archaisch und erschreckte die wenigen Badegäste, die an diesem schönen Oktobertag an den See gekommen waren, um einen der letzten Sommertage zu genießen. »Ruft die Polizei«, keuchte er mit letzter Kraft, als er das Ufer erreichte, dann brach er zusammen, hustete krampfhaft und spuckte Wasser.

Zehn Tage zuvor

Wattwürmer

Nele Tammen freute sich. Kaum hatte die Schule begonnen, war sie auch schon wieder zu Ende, jedenfalls für diese Woche. Mumps hatte ihre Klasse und die Parallelklasse lahmgelegt, sogar der Hausmeister und einige Lehrer hatten Mumps. Wie schön war das denn? Nele war sofort nach Hause gerannt und hatte sich in ein spannendes Buch vertieft, das sie am Vortag angefangen hatte zu lesen. Niemand störte sie, ihre Mutter war, wie erwartet, nicht da; sie putzte mal wieder Ferienwohnungen bei Frau Hansen.

Doch am späten Vormittag, als die Sonne herauskam, hielt Nele nichts mehr im Haus.

»Mumps, Mumps, Mumps … Mumps hat einen Bums!«, sang Nele vor sich hin, während sie die Holztreppe hinunterhüpfte und sofort auf dem Strand landete, denn ihr Haus stand auf einer Düne direkt am Meer. Der Tag war warm und sonnig, der Strand hier an dieser Stelle, ein Stück entfernt vom Wyker Hauptstrand, menschenleer bis auf ein paar wenige Wanderer und Sandbuddler. Es war Ebbe, vor Nele lag eine riesige, glänzende, verheißungsvolle Wattfläche voller Muscheln, Wattwurmsandhäufchen und Vogelspuren, die aussah, als reichten sie geradewegs bis nach Langeneß hinüber, sodass man trockenen Fußes – jedenfalls, ohne im Meer zu ersaufen – zur Hallig gelangen könnte.

Nele wusste natürlich, dass dies eine optische Illusion war. Zwischen der Insel Föhr und der Hallig befand sich die Fahrrinne, auf der gerade majestätisch die *Rungholt* entlangglitt, auf dem Weg nach Amrum. Aber man konnte weit ins – zur Zeit nicht vorhandene – Meer hineinlaufen, und das tat Nele jetzt. Sie beobachtete zwei Möwen auf einem Priel, die sich gegenseitig mit den Flügeln verdroschen. Fast wie das Gezänk von nebenan, dachte Nele. Wenn Frau Bense, die Nachbarin, wieder einmal auf Hardy oder ihre Mutter losging, ähnelte sie einer gehässigen Möwe. Vor dem Priel staksten zwei aufgeregt schreiende Austernfischer durch den Sand.

Ist ordentlich was los heute im Watt, dachte Nele.

Sie sammelte Muscheln für ein neues Schmuckkästchen, bis ihre Hosentaschen zum Bersten gefüllt waren, und grub nach einigen vergeblichen Versuchen mit bloßen Händen einen Wattwurm aus. Unglaublich, was der alles konnte! Alle Wattwürmer im Wattenmeer zusammen fraßen einmal im Jahr das Watt komplett bis zu zwanzig Zentimeter Tiefe, schickten den Sand durch ihren Darm und schieden ihn wieder aus, was, laut ihrem Lehrer, eine Wohltat für das Watt war, da es dadurch mit Sauerstoff angereichert wurde.

Neles Wattwurm war ungefähr zwanzig Zentimeter lang und potthässlich. Nach hinten wurde er immer dünner. Sein Darm, wusste Nele, besaß bis zu neunzig Segmente. Steckte er sein hinteres Ende alle dreißig bis vierzig Minuten zur Darmentleerung aus dem Wattboden, bestand die Gefahr, dass er von einem Seevogel herausgezogen und gefressen wurde. Deshalb konnte er einzelne Teile des Darms abwerfen, sodass der arme Vogel nur ein oder zwei Zentimeter erwischte und der Wurm sich in seine Röhre retten konnte. Allerdings wuchs der Darm nicht nach, allzu oft konnte der Wattwurm das also nicht machen.

Gerade als Nele darüber nachdachte, den Wattwurm mit nach Hause zu nehmen und ihm ein Legohaus mit viel

Sand drin zu bauen, ertönten schrille Schreie – der Möwen? Oder waren es die Austernfischer? –, so durchdringend, dass sie den Wurm vor Schreck beinahe hätte fallen lassen.

Sie guckte hinüber zum Priel, doch die Vögel waren verschwunden. Aber wer hatte dann geschrien? Und wenn sie darüber nachdachte, hatte es sonderbar menschlich geklungen. Vielleicht der Jogger am Strand, der jetzt gerade aus den Dünen gelaufen kam? Oder Frau Laukat, die Mieterin der Benses, in deren nestähnlicher Frisur sich wieder eine Libelle verfangen hatte, wie neulich abends? Sie hatte draußen auf der Terrasse ein solches Theater gemacht, dass sämtliche Bewohner der beiden Häuser, sogar Neles Mutter und ihre Feriengäste, zusammengelaufen waren, um das Vieh aus Frau Laukats Haaren zu befreien.

Die alte Bense im Nachbarhaus konnte es nicht gewesen sein, denn ihre tiefe Altfrauenstimme klang eher wie wütendes Hundegebell, wenn sie Hardy anblaffte.

Als Nächstes jedoch schrie Nele. Eine Möwe war auf ihre ausgestreckte Hand niedergestoßen und hatte sich den Wurm geschnappt! Wie blöd war das denn? Und sie selbst war schuld daran, hatte sie den Wurm doch wie auf dem Präsentierteller angeboten!

Nele rannte zurück zum Dünenrand. An diesem Küstenabschnitt standen nur zwei Häuser, das von ihrer Mutter und das von Frau Bense, die ihre Vermieterin war. Nele registrierte verwundert, dass die Terrassentür des Nachbarhauses offen stand. Sie schlich sich leise heran. Was tat die alte Bense? Ihr Sohn war jetzt im Laden in Wyk, aber Frau Bense, obwohl schon über achtzig, wie sie fast täglich erzählte, war noch quietschfidel und äußerst penibel, was ihre Hausarbeit betraf. Täglich wischte sie Staub, kehrte »die Stuben« und putzte die

Delfter Kacheln in der Essecke, die irgendein Kapitän von einer Fahrt mitgebracht hatte. Außerdem war sie ziemlich schwerhörig und hatte die Angewohnheit, laut vor sich hin zu reden. Nele hatte sie bereits des Öfteren dabei belauscht. Sie wusste, dass die alte Frau ihre Mutter nicht besonders mochte – warum, war ihr allerdings ein Rätsel – und ihr das Leben schwermachte. Zuletzt hatte sie damit gedroht, Nele und ihrer Mama das Haus »unterm Hintern weg« zu verkaufen. Deshalb versuchte Nele, wann immer sie konnte, ihre Selbstgespräche mitzuhören. So konnte sie vielleicht rauskriegen, was die alte Bense »im Schilde führte«, wie ihre Mutter es ausdrückte.

Leise schlich Nele durch die Terrassentür, doch im Haus war alles still. Sie hörte Frau Bense weder herumschlurfen noch sprechen. Auch aus der Küche kam kein Laut, obwohl die Tür halb offen stand.

Vorsichtig stupste Nele mit dem Fuß dagegen, um sie ganz zu öffnen, und hätte beinahe laut aufgeschrien. Sie sah zwei Füße in alten Hauspantoffeln und dazwischen eine Bratkartoffel. Das Kind stieß die Tür vollends auf, starrte auf die vor ihr liegende alte Frau, registrierte die Bratpfanne, die Kartoffeln, die Wurststückchen, die überall hingerollt waren, dazwischen das viele Blut … und wollte schreien, aber es kam kein Laut aus ihrer Kehle.

An der offen stehenden Tür zum Küchengarten huschte eine Gestalt vorbei. Nele, deren Herz wild klopfte, machte, dass sie wegkam, hinaus auf die Terrasse und hinüber ins Haus ihrer Mutter.

Die alte Bense

Die alte Frau hatte keine Chance gehabt. Sie hatte in der Küche am Herd gestanden, als jemand hereingekommen war, die gusseiserne Bratpfanne ergriffen und sie damit niedergeschlagen hatte. Nun lag die alte Frau in ihrem Blut auf dem Küchenboden inmitten von Rührei, Würstchen und Bratkartoffeln, die sie offenbar in ebenjener Pfanne gebraten hatte, als das Schicksal zuschlug. Jemand hatte beschlossen, dass die alte Frau in der geblümten Kittelschürze und der alten, verfilzten grünen Strickjacke sterben müsse, jetzt, in dieser Küche, an diesem schönen Altweibersommertag auf der Urlaubsinsel Föhr. Einundachtzig Jahre war sie alt geworden.

John Benthien, Erster Hauptkommissar bei der Kripo Flensburg, hatte schon einige blutige Tatorte gesehen, aber dieser hier kam ihm besonders bizarr vor, weil das Grauen so schrecklich banal schien, fast spießig. Da war eine Frau gestorben, während sie in ihrer ordentlichen, blitzsauberen Küche ein einfaches, solides Mittagessen zubereitet hatte. Und vorher hatte sie offenbar Brot gebacken. Ein duftender, angeschnittener Laib Brot lag auf einem Brett, in einer überdimensionierten Größe, wie Benthien es nur als Kind einmal bei Bauern gesehen hatte, daneben lagen ein Klumpen Butter und eine Salami.

Um ihn herum bewegten sich Claudia Matthis und ihre Leute von der Spurensicherung in den weißen Tyvek-Anzügen, sein Freund und Kollege Tommy Fitzen stand vor dem Haus und hielt offenbar einen Klönschnack mit dem Inselpolizisten, und Lilly Velasco hörte er durch die oberen Räume laufen. Es galt, nachzusehen, ob sich noch jemand im Haus aufhielt, aber offenbar war es leer. Selbst die Laukats, ein Ehepaar aus Hamburg, das die Dachgeschosswohnung den Sommer über gemietet hatte, waren an diesem schönen Spätsommertag unterwegs.

Kurz darauf trafen der Doc aus Niebüll und der Leichenwagen ein.

Benthien begrüßte den Arzt, den er flüchtig kannte, weil er öfter für die Polizei arbeitete, überließ ihn seiner Tätigkeit und ging hinaus zu Fitzen und dem Inselpolizisten Holm Ingwersen.

»So muss man nun auch nicht gerade sterben, mit der Bratpfanne im Gesicht«, sagte Ingwersen, ein junger Mann mit Glatze und langen Koteletten, die in einen rötlichen Bart übergingen, tiefsinnig zu Benthien und trat seine Zigarette aus. »Obwohl sie ja'n büschen schwierig war, die alte Bense.«

»Inwiefern schwierig?«, erkundigte sich Benthien.

»Haare auf den Zähnen und ein lockeres Mundwerk. Die hat sich von niemandem was sagen lassen. Hardy hatte es nicht leicht mit ihr.«

»Hardy?«

»Hartmut Bense, ihr Sohn«, antwortete Tommy Fitzen, der sich offenbar schon bei dem ihm bisher unbekannten Kollegen kundig gemacht hatte. Fitzen brauchte höchstens fünf Minuten, dann behandelten ihn selbst Fremde wie einen, mit dem sie nach dem Pferdestehlen schon so manchen Köm geschluckt hatten.

»Er hat ein Ladengeschäft in Wyk«, erklärte Ingwersen, »Haus- und Tischwäsche, Bettwäsche und Frottierware. Mein Kollege bringt ihn gerade her. Armer Kerl. Er wird außer sich sein, wenn er hört, dass Gertrud tot ist. Er stand total unter ihrer Fuchtel. Außer ihr hatte er praktisch keinen anderen Menschen.«

»Was genau muss ich mir darunter vorstellen?«, fragte Benthien.

»Na ja, die alte Bense bestimmte, wo's langging. Hardy hatte da nicht viel zu sagen. Sie hat seine Freundinnen begutachtet – ich meine, die wenigen, die sich mit ihm abgegeben haben –, und die meisten von ihnen vergrault. Deshalb hat er wohl auch nie geheiratet. Hardy gehört nicht mal seine Seele ganz allein.«

Lilly trat aus dem Haus, und Benthien betrachtete sie mit Wohlgefallen. Sie war noch leicht gebräunt vom Urlaub, und ihre Bernsteinaugen leuchteten fast so golden wie ihr Haar, in das die Sonne kleine Leuchtkringel malte. Ihr Gesichtsausdruck wirkte jedoch leicht verstört.

»Sie haben im selben Zimmer, im selben Bett geschlafen, Frau Bense und ihr Sohn«, verkündete sie irritiert.

»Sag' ich doch«, meinte Ingwersen gleichmütig und fuhr sich über den glänzenden Schädel, »dem armen Kerl gehört nicht mal seine Seele. So couragiert sie tagsüber auch war, nachts hatte die alte Dame Angst vor Einbrechern. Deshalb musste Hardy bei ihr im Bett schlafen.«

»Gibt's irgendwas, was du von deinen Wyker Schäfchen nicht weißt?«, fragte Fitzen amüsiert.

Ingwersen schmunzelte. »Nur wenig.«

»Die Zimmer oben sind in Ordnung«, fuhr Lilly fort. »Schränke und Schubladen stehen nicht offen, und nichts scheint durchwühlt zu sein. Alles sehr ordentlich und sauber. Aber die Techniker werden sich das natürlich noch genauer ansehen.«

»Vielleicht kam ihm die alte Frau bereits in der Küche in die Quere, er hat sie erschlagen und dann schnell das Weite gesucht«, überlegte Fitzen.

»Wer hat sie gefunden?«, fragte Benthien.

»Die Nachbarin, Gabi Tammen.« Ingwersen nickte zu dem sonnengelb gestrichenen Haus hinüber, das wie das

Haus der Benses in den 1930er Jahren im Fachwerkstil erbaut worden war. »Hat sie ziemlich mitgenommen. Ah, da kommt sie ja.«

Benthien beobachtete, wie eine Frau Anfang vierzig, in Jeans und T-Shirt, zu ihnen rüberkam. Ihr blondes Haar hatte sie zu einem Pferdeschwanz gebunden. Ihr Gang war schwungvoll, offenbar hatte sie sich von dem Schreck bereits erholt.

»Sie wollen mich sicher sprechen«, sagte sie zu Lilly, als sie bei dem Vierergrüppchen angelangt war. »Ich muss gleich zur Fähre, Gäste abholen, deshalb machen wir das am besten jetzt sofort ...«

Die drei Flensburger stellten sich vor, dann wanderten sie mit Gabi Tammen um das Haus herum zur Strandterrasse, während Ingwersen weiter auf die Ankunft seines Kollegen wartete, der Frau Benses Sohn herfahren wollte.

Sie setzten sich auf Holzbänke an einen urigen Tisch, von dem aus man einen Blick aufs Meer hatte. Gabi schielte ängstlich zur Terrassentür, aber die war zu und spiegelte, sodass man Gertrud Bense in der Küche nicht ausmachen konnte.

»Mir fiel auf, als ich gegen halb eins zurückkam, dass bei Gertrud alle Türen offen standen, die Tür zur Terrasse und die, die von der Küche in den Garten führt«, begann die junge Frau ihren Bericht, wobei sie nervös die Hände wrang. »Dadurch gab es einen Durchzug, die Gardinen blähten sich, und der Wind fegte Sand und Blätter ins Zimmer. Das fand ich komisch, besonders, weil Gertrud immer so penibel sauber war und nie die Türen offen stehen ließ, sogar die Fenster öffnete sie nur selten. Es könnte ja Staub hereinkommen! Ich habe nach ihr gerufen, aber keine Antwort erhalten. Das war erst recht seltsam, weil Gertrud eigentlich immer zu Hause ist, deshalb bin ich reingegangen und habe sie … es war schrecklich, wie sie so dalag in ihrem Blut …«

Sie begann zu zittern und legte die Arme um ihren Oberkörper.

»Haben Sie jemanden gesehen?«, fragte Fitzen. »Fremde, Nachbarn, Gäste?«

»Nein, es war ganz ruhig, fast totenstill, bis auf den Wind. Ich habe Angst gekriegt und bin zu mir nach Hause gelaufen und habe Holm Ingwersen angerufen, der dann auch gleich kam.« Sie fröstelte. »Ich wusste ja nicht, ob der Mörder nicht noch im Haus war. Ich habe sofort alle Türen bei mir abgeschlossen.«

»Waren Sie allein zu Hause?«, fragte Lilly.

»Nur Nele war noch da, meine Tochter. Unsere Gäste, die Meisners, ein junges Paar aus Düsseldorf, das für zehn Tage die obere Wohnung gemietet hat, war schon früh nach Niebüll gefahren, sie wollten einen Ausflug nach Sylt machen. Die werden wohl erst gegen Abend zurück sein. Mein Hauptverdienst sind die Feriengäste, nebenbei putze ich Ferienwohnungen. Aber jetzt muss ich gleich zum Anleger, um zwei ältere Damen abzuholen.«

»Wo waren Sie heute Vormittag?«, fragte Benthien.

»Wie gesagt, ich putze Ferienwohnungen. Ich bin kurz vor neun aus dem Haus gegangen und gegen halb eins zurückgekehrt. Da habe ich sie dann gefunden.«

Benthien fand, dass Gabi Tammen nervös wirkte. Sie öffnete ihren eigentlich perfekt sitzenden Pferdeschwanz, fuhr sich mit den Fingern durch die Haare und band ihn wieder neu. Offenbar hatte sie es eilig, wegzukommen.

Benthiens scharfe blaue Augen entdeckten in einem Sanddorngebüsch, das die Grenze zwischen den beiden Grundstücken bildete, ein Kind von etwa elf Jahren, das zu ihnen herüberspähte.

»Ist das Ihre Tochter?«

Gabi Tammen folgte seinem Blick und nickte. »Ja, das ist Nele. Sie hat frei, weil in der Schule Mumps ausgebrochen ist. Aber ich will nicht, dass sie Frau Bense …«

»Natürlich nicht«, beruhigte sie Lilly. »Weiß sie Bescheid?«

Frau Tammen nickte, und Benthien nahm sich vor, bei nächster Gelegenheit mit Nele zu sprechen. Sie wirkte aufgeweckt und neugierig und konnte gut etwas gesehen haben, dessen Bedeutung ihr vielleicht gar nicht klar war.

»Sie kannten Frau Bense wahrscheinlich sehr gut?«, fragte Fitzen, auf die enge Nachbarschaft anspielend.

Die junge Frau lächelte. »Seit ich ein Kind war. Gertruds Schwiegereltern wohnten hier, und als der Sohn heiratete, ist er ins Nachbarhaus gezogen, in dem seine Großmutter gewohnt hatte. Er ist früh gestorben und seine Eltern auch. Gertrud hat erst meinen Eltern das Haus vermietet und später mir, für meine Familie. Aber …«

Vor dem Haus, auf der anderen Seite, ertönte Geschrei, das schnell laut und bedrohlich wurde. Ein Mann schoss um die Ecke und stürzte auf die Terrasse. Er ging sofort auf Gabi Tammen los, zerrte sie, mit der Faust im Nacken, an ihrem T-Shirt aus der Bank, noch ehe jemand eingreifen konnte, und schüttelte sie wie einen jungen Hund.

»Was hast du mit ihr gemacht? Was hast du meiner Mutter angetan?«

Fitzen sprang hinzu und nahm den Mann in den Schwitzkasten.

»Loslassen!«, donnerte er. »Sind Sie wahnsinnig geworden?«

Benthien, der anders als Fitzen zunächst immer erst auf Deeskalation als auf Gewalt setzte, sagte ruhig: »Setzen Sie sich. Sie sind Hartmut Bense? Mein herzliches Beileid!«

Benthiens Worte besänftigten den Mann, denn er ließ sich kraftlos, als wäre plötzlich jedes Leben aus ihm gewichen, auf die Bank fallen. Auch Gabi Tammen setzte sich wieder. Sie wirkte nicht einmal verärgert.

»Hardy«, sagte sie leise und ergriff seine Hand, die auf dem Tisch lag, »es tut mir sehr, sehr leid um deine Mutter. Und glaube mir, ich habe ihr nichts angetan. Ich mochte sie, trotz allem. Wir kannten uns doch schon so lange. Wenn ich …«

Sie unterbrach sich, als Hardy Bense abrupt seine Hand wegzog. Benthien beobachtete, wie sich seine Züge verhärteten, und machte sich bereit, erneut einzugreifen, doch da kam zum Glück Holm Ingwersen und fragte, ob Hardy seine Mutter im Sarg noch einmal sehen wollte. Der Mann nickte und verschwand ohne ein weiteres Wort.

Die junge Frau sah die drei Beamten bittend an. »Ich habe Gertrud nichts angetan, glauben Sie mir«, sagte sie feierlich. »Hardy ist von dem Gedanken besessen, dass ich seine Mutter hasse und ihr Übles will, aber dem ist nicht so. Ich habe …«

»Warum glaubt er das?«, fragte Fitzen.

Gabi fuhr sich müde übers Gesicht. »Das ist eine lange Geschichte. Aber können wir nicht später darüber sprechen? Ich muss nun wirklich zur Fähre!«

Benthien nickte. »Wir kommen nachher noch einmal zu Ihnen.«

Ihre Tochter Nele war verschwunden, aber nun wollte er sich auch erst einmal Hardy Bense vorknöpfen. Was war nur in den Mann gefahren? War es der Schock? Jeder reagierte anders auf den Tod eines geliebten Menschen, und John hatte in dieser Hinsicht schon allerlei erlebt. Oder steckte etwas anderes dahinter? Gab es einen Grund für seine Beschuldigung?

Ingwersen erschien und fragte, ob Hardy Bense mitfahren dürfe, er wolle den Leichnam seiner Mutter bis zum Flugplatz begleiten, von wo er dann in die Gerichtsmedizin geflogen werden sollte. Doch Benthien war dagegen. Er wollte Bense so schnell wie möglich sprechen.

Die Nachbarin

Lilly zog ihre Sandalen aus und grub die Füße in den warmen, feinen Nordseesand. Erinnerungen an Sardinien kamen in ihr hoch, wo sie vor sechs Wochen noch entspannt am Strand gelegen hatte. Sie wandte das Gesicht der Sonne zu und genoss die spätsommerlichen Strahlen, den Blick auf das weiße Schiff, das still am Horizont vorüberzog, den sanften Wind, der in ihren Haaren spielte. Die Benses hatten sich schon ein hübsches Fleckchen der Insel Föhr ausgesucht, das musste sie zugeben. Ob man da mal eine Wohnung mieten könnte? Sie hörte, wie John ihren Namen rief, und streifte die Sandalen über, um dann über die Terrasse das Haus zu betreten und nach vorne durchzugehen. Lange hatte Hardy Bense weinend am offenen Sarg seiner Mutter gekniet. Erst als der Bestatter sanft zum Aufbruch drängte, war er aufgesprungen, um für die Beerdigung – die allerdings noch in weiter Ferne lag, zunächst stand die Obduktion an – ihr Festtagskleid zu holen, das er dann feierlich überreicht hatte.

Nun sah er regungslos dem Leichenwagen hinterher, der hinter immer noch grünem Laub verschwand.

Fitzen und Benthien nahmen vier Terrassenstühle mit nach unten an den Strand und stellten sie an den Fuß der alten Holztreppe - vielleicht, dachte Lilly, um Bense den Anblick des Hauses zu ersparen, in dem immer noch die Leute von der Spurensicherung in einer Art elegischem Tanz zugange waren. Ab und zu konnte man verwischte weiße Farbtupfer in den Scheiben spiegeln sehen.

Bense saß auf dem Stuhl wie ein nasser Sack, als hätte er jeden Halt verloren. Er war ein gutmütig wirkender Mann mit rundem Gesicht, ein wenig übergewichtig, mit einem schlaffen Händedruck. Ein Kranz von dunklen Locken umgab den Kopf, der oben, wie eine Tonsur, völlig kahl war und unterhalb des Lockenrunds geschoren; irgendwie erinnerte er sie ein bisschen an Martin Luther in seinen mittleren Jahren.

Sein Schmerz schien echt zu sein. Er starrte zu Boden und malte mit der Schuhspitze Kreise in den Sand. Lilly versuchte, sich vorzustellen, wie sie sich fühlen würde, wenn ihr Lebensmittelpunkt immer nur ihre Mutter gewesen wäre und sie sie eines Tages in der heimischen Küche erschlagen vorgefunden hätte. Offenbar hatten die beiden ja in einer engen Symbiose gelebt, ob von Seiten des Sohnes freiwillig, blieb dahingestellt. Dass Hartmut Bense von dem Schock noch ganz benommen war, konnte sie sich gut vorstellen.

»Haben Sie irgendeine Erklärung für das, was hier passiert ist?«, fragte Benthien, wobei er Lilly einen Blick zuwarf. »Wer könnte das Ihrer Mutter angetan haben?«

»Sie natürlich!«, sagte Bense kraftlos, wobei er mit dem Kopf zum Nachbarhaus wies. »Gabi. Sie hat ihr keine Ruhe gelassen. Immer wieder hat sie meine Mutter beschimpft und ihr gedroht.«

»Warum? Womit?«, fragte Fitzen, doch Bense antwortete nicht.

»Herr Bense«, sagte Benthien und legte dem Mann eine Hand auf den Arm, »irgendeine Begründung müssen Sie uns schon geben, warum Sie das glauben.«

»Mutter hat ihr gekündigt«, sagte Hardy Bense. »Vor über sechs Monaten. Aber sie ignoriert es einfach. Tut so, als wäre Mutter nicht ganz zurechnungsfähig. Aber nur, weil sie schon seit Ewigkeiten da wohnt, muss das doch nicht heißen, dass sie ein Recht auf dieses Haus hat!«

»Warum hat Ihre Mutter Frau Tammen gekündigt? Nach so langer Zeit?«, fragte Lilly geduldig.

»Sie hat Mietschulden. Und sie vermietet zwei Wohnungen an Feriengäste, das ist laut Mietvertrag nicht erlaubt. Aber was sie darf oder nicht, darum hat sie sich nie gekümmert.« Benses Stimme wurde immer leiser, als verließe ihn jetzt die letzte Kraft.

»Was ist mit *Herrn* Tammen?«, erkundigte sich Benthien. »Irgendwie klingt das, als wäre er gar nicht daran beteiligt?«

»Den gibt's nicht mehr, der ist weg«, sagte Bense. »Sie ist geschieden.«

Irgendwie, fand Lilly, klang es gehässig. Als habe Gabi Tammen ihren Mann im Vorbeifahren auf einer Müllhalde entsorgt.

»Wie ist sie denn gestorben? Meine Mutter?«, fragte Bense leise, während Fitzen gemütlich sein Gesicht mit geschlossenen Augen in die Sonne hielt.

Lilly hatte sich schon gewundert. Als Hartmut von dem zweiten Polizisten aus seinem Wyker Ladengeschäft hierhergebracht worden war, hatte er sich um den Tatort in der Küche überhaupt nicht gekümmert, sondern war sofort auf die Terrasse gestürzt, um sich Gabi Tammen zu schnappen. Aber später, als die Tote im Sarg lag, hatte er sie nicht gehen lassen wollen.

»Jemand hat sie mit der gusseisernen Pfanne auf den Kopf geschlagen«, sagte Fitzen. »Sie war gerade dabei, Essen zu kochen: Bratkartoffeln, Ei, Würstchen.«

Bense holte ein Taschentuch aus seinen Jeans und hielt es sich an die tränenden Augen. »Das hat sie mir oft zu Mittag gemacht. Aber das sieht ihr ähnlich!«

Überraschend für alle sprang er in einem plötzlichen Anfall von Energie aus dem Stuhl und blickte zum Haus der Tammens. »Das sieht Gabi ähnlich! Meine Mutter mit einer Pfanne zu erschlagen!« Er blickte wild um sich. »Wann war das? Wann ist meine Mutter gestorben?«

Lilly wusste, dass der genaue Todeszeitpunkt noch immer unklar war. Vermutlich um die Mittagszeit herum, doch der Arzt hatte dazu nicht allzu viel sagen können. Im Haus war es durch den ständigen Luftzug, der durch die beiden geöffneten Türen kam, gerade in Bodennähe so ausgekühlt, dass die Berechnung der Körpertemperatur wenig zu den Erkenntnissen beitragen konnte. Sie hofften, durch die Obduktion Genaueres zu erfahren. Aber darauf mussten sie noch eine Weile warten.

»Wann haben Sie Ihre Mutter zuletzt gesehen?«

»Heute Morgen vor dem Frühstück. Mutter legt großen Wert auf ein gutes Frühstück, jedenfalls für mich. Sie selbst isst nur wenig: Toastbrot mit Honig. Aber für mich stellt sie sich an den Herd, brät Speck und Eier, manchmal macht sie sogar ein Bauernfrühstück mit allem Drum und Dran.« Er schlug sich auf seinen keineswegs flachen Bauch. »Was meinen Sie, wo der herkommt? Sie mästet mich wie die Hexe den Hänsel.« Er wirkte erschrocken über seinen Vergleich mit der Hexe, gleichzeitig aber auch traurig. Vielleicht, weil ihm gerade eingefallen war, dass er ab jetzt ganz allein für sein leibliches Wohl sorgen musste. Schnell fuhr er fort: »Heute Morgen hatte ich es allerdings eilig, ich hatte einen Termin bei einem Kunden. Da bin ich gar nicht zum Frühstücken gekommen. Ich habe mir unterwegs ein Brötchen gekauft. »

Lilly fand, dass er leicht desorientiert wirkte. Es war wohl besser, das Verhör am nächsten Tag fortzusetzen, wenn der Schock etwas abgeklungen war.

Benthien schien ähnlich zu denken. Er fragte Bense noch kurz, wo er den Vormittag über gewesen war. Doch der Mann hatte offenbar ein Alibi. Er war im Laden gewesen und bei zwei Kunden, war seine Antwort, die sich anhörte, als käme sie von einem Automaten. Immer noch stand Bense völlig neben sich.

Benthien erhob sich, nahm zwei der Stühle und sagte Hartmut Bense, dass sie die Befragung am nächsten Tag fortsetzen würden. Fitzen erwachte aus seinem Nickerchen und ging ebenfalls nach oben, während Bense reglos sitzen blieb, den Blick stumm zu Boden gerichtet.

Lilly nahm ihn sanft beim Arm. Er erzählte ihr, dass ihn ein Freund aus Nieblum abholen wollte. Dort könnte er für einige Tage bleiben.

Oben auf der Terrasse trafen sie ein älteres, sehr distinguiert wirkendes Ehepaar, das mit betroffener Miene auf Hartmut Bense zusteuerte. Offenbar hatten sie gerade gehört, was geschehen war. Die Frau nahm ihn kurz in den Arm, was Bense sehr steif über sich ergehen ließ. Waren das die langjährigen Sommergäste, die die Dachgeschosswohnung gemietet hatten?

»Gestatten, Laukat«, sagte der Mann höflich in die Runde. »Und das ist meine Gattin.« Er war groß und schlaksig, mit grauem Haar und einer randlosen Brille. Lilly dachte unwillkürlich, dass er wie ein kreativ arbeitender Mensch aussah, und das war er auch, nämlich Architekt, wie sie inzwischen von den Kollegen aus Flensburg wusste, allerdings seit langem arbeitslos. Seine Frau trug einen langen, unförmigen Rock und hatte die graubraunen Haare oben auf dem Kopf zu einem Dutt gesteckt. Ihre braunen Augen unter den geraden, ungezupften Brauen betrachteten Hardy Bense besorgt, als sei er ein kleines Kind, das ihr anvertraut worden war. Lilly konnte sie sich gut bei der Ausgabe der *Tafel* oder in der Küche beim Marmelade-Kochen vorstellen. Oder als Frau eines Pfarrers.

Als vor dem Haus eine Hupe ertönte, machte sich Bense ohne ein weiteres Wort los und ging nach vorne. Die Laukats sahen ihm verblüfft hinterher.

Überhaupt schienen sie eher überrascht zu sein als in tiefer Trauer.

»Können wir denn heute Nacht überhaupt hier schlafen?«, erkundigte sich Frau Laukat. »Weiß man schon, wer es war?«

Holm Ingwersen hatte sie offenbar über den Mord an ihrer Gastgeberin informiert.

Benthien ignorierte die Frage. »Darf ich fragen, wo Sie gerade herkommen? Wo waren Sie heute Vormittag?«

»Wir haben nichts zu verbergen«, antwortete Oskar Laukat steif. »Wir sind früh aus dem Haus, kurz nach acht, und haben in einem Café am Sandwall ausgiebig gefrühstückt. Danach haben wir eine Fahrradtour über die Insel gemacht, nach Utersum, Dunsum und Oevenum, wo wir zu Mittag gegessen haben. Von dort kommen wir gerade zurück. Aber eine andere Frage. Können wir überhaupt weiter hier im Haus wohnen?«

Benthien riet ihnen, sich für ein, zwei Tage ein Zimmer im Hotel zu nehmen, da die KTU noch im Haus zu tun hatte. Außerdem – aber das sagte er nicht – war es ihm lieber, das Haus leer zu wissen, da die Räume der Benses nicht alle abgeschlossen werden konnten.

Fitzen begleitete das Paar nach oben, weil er sich dort noch ein wenig umsehen wollte.

»Wir werden die ganze Nachbarschaft befragen müssen«, sagte Benthien düster zu Lilly und fuhr sich durch seine dichten braunen Haare, wie es seine Gewohnheit war. Lilly musste lächeln. Johns Haare sahen nie lange Zeit ordentlich aus, sondern lagen auch ohne Gel kreuz und quer am Kopf, umso unordentlicher, je weiter der Tag voranschritt. Manchmal musste sie sich sehr zügeln, um sie nicht zu ordnen.

Auch Fitzen war eine auffällige Erscheinung: Haare bis zum Kragen, Dreitagebart, auf jedem Finger ein kleines Tattoo, Freundschaftsbänder am Handgelenk. Er war der Typ, vor dem Eltern ihre Teenager-Töchter immer warnten. War wohl noch ein Überbleibsel aus der Zeit, als er in Hamburg undercover ermittelte. Dabei war Fitzen nicht halb so wild, wie er aussah.

»Aber wir bekommen Hilfe aus Niebüll«, sagte Benthien in ihre Gedanken hinein, und Lilly fiel ein, dass von der Nachbarschaftsbefragung die Rede gewesen war. Sie sah sich um. In der ersten Reihe der Strandhäuser stand sonst kein weiteres Haus, und die anderen Häuser entlang der Straße, die zum Strand führte, lagen so, dass man das Bense-Haus von dort aus nicht sehen konnte, zudem waren sie umgeben von dicht bewachsenen Gärten. Ob sie da überhaupt jemanden fanden, der etwas beobachtet hatte?

Im Haus polterte es, und Fitzen sprang die Treppe hinunter.

Lilly sah ihm an, dass er gleich mit einer wichtigen Nachricht herausplatzen würde.

»Frau Laukat hat gerade festgestellt, dass Teile ihres Schmucks gestohlen wurden!«, verkündete er.

Alte Geschichten

Fitzen hatte einen Block vor sich liegen und schrieb in seiner unleserlichen Krakelschrift Hieroglyphen auf die Seite: Die Laukats, konnte Lilly noch so gerade entziffern, Tammen, Verwandte?, wo war Hardy, Alibis, Putzhilfe, andere Gäste?, Todeszeitpunkt. Das letzte Wort umkringelte er mehrfach und versah es mit etlichen Fragezeichen.

Sie saßen noch immer auf der Terrasse und warteten auf Gabi Tammen, die inzwischen ihre Gäste abgeholt hatte. Esther Talley, die Kollegin im Innendienst in Flensburg, hatte ihnen drei Zimmer in einer Wyker Pension reserviert, und in der Polizeistation stand ihnen ein Raum mit Schreibtischen und Laptops zur Verfügung. Aber noch wollte Benthien hier, am Tatort, bleiben, um sich ein umfassendes Bild zu machen und mit Gabi Tammen direkt vor Ort sprechen zu können. Zudem hatten sie hier zweifellos den schönsten Blick von ganz Föhr. Bevor die Laukats sich in einem Hotel eingemietet hatten, waren sie alle nochmal durch die Räume gegangen, um herauszufinden, was vielleicht sonst noch fehlte, waren aber nicht fündig geworden. Genau konnte ihnen das wohl nur Hardy Bense sagen, mit dem sie morgen noch einmal ausführlich sprechen wollten; heute war er zu traumatisiert gewesen.

Der Schmuck von Frau Laukat war im Übrigen nicht gänzlich gestohlen worden, sondern nur eine Uhr – ein Erinnerungsstück an ihre Mutter – und ein Ring. Der Verlust hatte sich im Rahmen gehalten, insgesamt ging es um einen Betrag von viertausend Euro. Frau Laukat war dennoch außer sich gewesen und den Tränen nahe. »Mein Sohn hat mir den Ring zum Geburtstag geschenkt«, hatte sie geschluchzt, sodass Lilly sich schon gefragt hatte, ob der Sohn verstorben und es daher ein besonders schmerzhafter Verlust war. Aber dem war nicht so.

Nachdem sich Frau Laukat wieder beruhigt hatte, waren sie in ein Hotel an der Strandpromenade gezogen mit dem Versprechen, sich morgen Vormittag zur Befragung zur Verfügung zu stellen.

»Kann es sein«, fragte John jetzt, »dass hier jemand, weil die Tür offen stand, eine günstige Gelegenheit zum Einbruch gesehen hat, und dann kam ihm Frau Bense in die Quere? Und er hat einfach mit dem nächstbesten Gegenstand, der ihm unterkam, zugeschlagen?«

»Das habe ich vorhin schon Ingwersen gefragt«, sagte Fitzen und gähnte, »er sagt, auf Föhr gäbe es zurzeit keine Einbrüche. Nebenbei bemerkt, auch keine Morde. Hier ist die Welt noch heil und in Ordnung.«

»Ich glaube, Frau Bense wäre da anderer Meinung«, kommentierte Benthien trocken.

»Wir müssen herausfinden, ob der Tod von Frau Bense ein Zufall war, ein Kollateralschaden quasi, oder ob man sie persönlich gemeint hat«, warf Lilly ein.

»Dann lasst uns mal die Leute ausquetschen«, sagte Fitzen fröhlich. »Da kommt schon unser erstes Opfer.«

Gabi Tammen kam über einen Trampelpfad durch die Düne zu ihnen auf die Terrasse. Sie hatte sich umgezogen, jetzt trug sie zu ihrer Jeans ein blau-weißes Sweatshirt im Matrosenlook, das gut zu ihren blauen Augen passte. Lilly überlegte, ob da nicht mal etwas gewesen war zwischen Hardy und seiner Nachbarin, wahrscheinlich kannten sie sich ja schon seit ihrer Kindheit. Oder war gerade das ein Grund, der dagegen sprach?

Die junge Frau wirkte atemlos und aufgebracht. »Ist das zu glauben? Meine beiden Damen, die ich gerade abgeholt habe, haben sich geweigert, bei mir einzuziehen, nachdem sie von dem Mord gehört haben. Was kann ich denn dazu? Ich musste sie zu einem Hotel fahren.«

»Das ist ärgerlich«, meinte Lilly, »aber auch verständlich. Es muss ein Schock für sie gewesen sein, mit so einer Nachricht empfangen zu werden.«

»Ja, natürlich«, sagte Gabi, während sie sich setzte. »Ich bin ja auch noch immer ganz erschüttert. Ich kannte Gertrud mein Leben lang. Sie war immer so *präsent*, eine graue Eminenz, sowohl für meine Familie als auch natürlich für ihren Sohn. Und jetzt ist sie nicht mehr da? Das ist schwer zu fassen.«

Benthien nickte freundlich, während Fitzen sie ungeniert musterte und Strichfrauen mit Grinsegesichtern auf seinen Block malte. »Erzählen Sie uns etwas über sich«, forderte Benthien sie auf. »Kommen Sie von hier? Von der Insel? »

»Ja, ich bin sogar im Nachbarhaus aufgewachsen. Doch nach meiner Heirat«, erwiderte Gabi, »bin ich mit meinem Mann nach Madeira gezogen, wo wir eine Tauchbasis betrieben. Nele ist dort geboren worden. Irgendwann, wie das so ist, ging es mit unserer Ehe den Bach runter, und ich kam mit Nele zurück. Das war vor gut zwei Jahren. Gertrud hat mir unser altes Haus wieder überlassen, und ich durfte auch an Feriengäste vermieten, davon bekam sie einen bestimmten Prozentsatz ab. Damals waren wir noch Freunde. Da hat sie noch immer eines von ihren berühmten Sauerteigbroten für mich mit gebacken. Auf ihre Backkünste war sie sehr stolz. Aber diese Freundlichkeit war eines Tages ganz plötzlich vorbei, jedenfalls mir gegenüber.«

»Warum?«

»Ich weiß es nicht.«

»Aber Sie müssen doch eine Ahnung haben?«, fragte Fitzen.

»Ich weiß es wirklich nicht. Von einem auf den anderen Tag hatte sie sich verändert.«

Benthien sah sie nachdenklich an. Ihm fiel es schwer, zu glauben, dass Gabi Tammen keine Idee hatte, warum das so war.

»Sie schien eine geschäftstüchtige Frau gewesen zu sein«, warf Lilly ein.

»Das war sie, aber ich war ja einverstanden damit, eine gewisse Abgabe für die Vermietungen zu zahlen.«

»Wieso kam es dann zum Streit?«, wollte Fitzen wissen. »Sie hat Ihnen doch gekündigt?«

»Auch das weiß ich nicht«, bekannte die blonde junge Frau. »Ich habe immer gedacht, sie hätte Nele sehr gern, die beiden haben sich oft unterhalten, und Nele hat hin und wieder kleine Botengänge für sie gemacht. Aber auf einmal, vor einigen Monaten, war es vorbei, und es kam immer wieder zum Streit. Die Gäste waren zu laut, sie machten zu viele Umstände, liefen auf ihr Grundstück, verpesteten die Luft mit ihren Autos oder Zigaretten … einmal hat sie sogar behauptet, jemand hätte ihren Morgenmantel von der Wäscheleine geklaut. Ich bitte Sie! Wer stiehlt denn einen verschlissenen Frotteemantel?«

»Sie glauben also, es waren bloß Vorwände, um Ihnen schließlich zu kündigen?«

»Ich hatte es leider nicht schriftlich, dass ich an Gäste vermieten durfte. Dann behauptete Gertrud, meine Abrechnungen würden nicht stimmen. Zudem hätte sie mir nie erlaubt, an Gäste zu vermieten, sie hätte es nur geduldet, aber damit sei jetzt Schluss. So von heute auf morgen! Und kurz darauf folgte die Kündigung!« Gabi beugte sich vor. »Auf einmal war meine ganze Existenzgrundlage weg! Wo sollen wir denn hin, Nele und ich, und selbst wenn wir hier eine Wohnung finden würden, fehlen mir doch die Mieteinnahmen! Neles Vater zahlt mir gerade mal dreihundert Euro an Unterhalt für uns beide. Davon kann man doch nicht leben!«

Sie war den Tränen nahe, und Lilly fragte sich, ob es Gabi Tammen bewusst war, was für ein gutes Motiv sie ihnen gerade geliefert hatte. Vorausgesetzt, sie durfte die Hoffnung haben, dass Hardy Bense nicht auf der Kündigung bestand.

»Was sagte denn Hartmut Bense dazu?«, fragte in diesem Augenblick Benthien, fast, als hätte er ihr Gedanken erraten.

Die junge Frau zuckte mit den Schultern. »Ich weiß es nicht. Da müssen Sie ihn schon selbst fragen.«

»Sie haben kein gutes Verhältnis zu Hardy?«, fragte Fitzen. »War das schon immer so?«

Gabi zögerte. »Nein. Als Kinder mochten wir uns, wir haben immer am Strand miteinander gespielt. Es war der größte und schönste Abenteuerspielplatz der Welt für uns. Später ...«, sie zögerte. »Später hat er sich dummerweise in mich verknallt. Ich habe das zuerst nicht so mitbekommen, für mich war er weiterhin ein guter Kumpel und Freund, mit dem man Spaß haben konnte, und dadurch habe ich vielleicht Hoffnungen in ihm geweckt. Dann kam ein Abend ... das war alles so lächerlich ... er hatte rote Rosen gekauft und wollte sie mir bringen, und dazu fiel ihm nichts Besseres ein, als seinen besten Anzug anzuziehen, in dem er wie verkleidet aussah, vor mir mit seinen Rosen auf die Knie zu fallen und feierlich zu fragen: ›Willst du mit mir gehen?‹ ... wie in dem alten Schlager von Dahlia Lavi.« Sie lachte gequält. »Er hatte öfter solche romantischen Anwandlungen, aber diese war mit Abstand die albernste.«

»Und dann?«, fragte Fitzen gespannt.

»Ich musste ganz fürchterlich lachen, ich hatte regelrecht einen Lachkrampf. Er stand auf, warf mir die Rosen ins Gesicht und lief davon. Am nächsten Tag fuhr ich nach Husum, um dort eine Ausbildung zur Einzelhandelskauffrau zu beginnen. Währenddessen wohnte ich bei Verwandten. Ich sah Hardy erst drei Jahre später wieder, und da ging er mir aus dem Weg.« Als sie die fragenden Blicke der drei Beamten sah, fügte sie hinzu: »Hardy hat Verwandte in Amerika, den Bruder seiner Mutter, der vor Jahrzehnten ausgewandert war. Er zog für drei Jahre zu ihnen nach Oregon und ging auch dort zu Schule und aufs College. Ich vermute, er wollte dadurch nicht nur mir, sondern auch seiner Mutter entkommen. Gerade in dem Alter damals, mit siebzehn, hat er sehr unter ihrer dominanten Art gelitten.«

»Ist seitdem Ihr Verhältnis so belastet?«, fragte Lilly. Wenn Bense zart besaitet gewesen war – zudem noch in der Pubertät –, hatte ihn die Reaktion seiner Angebeteten womöglich sehr verletzt. Aber konnten diese Gefühle bis in die Gegenwart reichen? Inzwischen waren doch viele Jahre vergangen.

»Nein, ich habe versucht, meinen Fehler wiedergutzumachen, habe mich entschuldigt, und da Hardy nach seiner Rückkehr anscheinend noch immer in mich verliebt war, hat er es akzeptiert. Er zog sich erst zurück, als ich meinen Mann kennenlernte und heiratete. Dann verließ ich die Insel und kam erst vor gut zwei Jahren wieder zurück.« Sie zögerte, sprach dann aber nicht weiter.

Benthien nickte ihr aufmunternd zu. »Wie hat Herr Bense auf Sie reagiert?«

»Na ja, er … also er dachte wohl, jetzt, da meine Ehe gescheitert war, hätte er wieder eine Chance. Er machte mir

Avancen, lud mich zum Essen oder zu Konzerten ein, aber mir war das alles zu viel. Ich wollte sehr gern ein freundschaftliches Verhältnis zu ihm haben, aber nicht mehr. Er reagierte sehr verärgert und verletzt. Von Freundschaft konnte keine Rede mehr sein. Im Gegenteil, er traktierte mich, wo er nur konnte.« Sie ließ den Kopf hängen. »Mir tat das sehr leid. Hardy ist ein lieber Kerl. Ich habe nie verstanden, warum wir nicht Freunde sein sollten wie früher, er konnte mich doch nicht zwingen, ihn zu lieben!«

»Und was sagte Hardys Mutter dazu?«, fragte Fitzen, der inzwischen dazu übergegangen war, Pferdeköpfe zu malen.

»Gertrud unterstützte ihn in seinen Ausfällen gegen mich. Sie hatte ja ständig Angst, ihn an eine Frau zu verlieren, und hat alles getan, damit es nicht dazu kam.« Gabi lachte unfroh. »Mütter, die ihre Kinder fressen. Gertrud hat nie kapiert, dass ich von Hardy nichts wollte. Sie sah mich wohl als Bedrohung ihres häuslichen Friedens. Im Grunde genommen hat sie ihren Sohn immer nur benutzt und ihm sein Leben geraubt. Jede seiner wenigen Freundinnen hat sie schlechtgemacht. Vielleicht hoffte er, er käme mit mir aus dieser Nummer heraus.«

Lilly dachte, dass sich hier bereits das zweite Motiv für Gabi Tammen ergab. Wie, wenn diese Geschichte gar nicht stimmte, sondern es genau umgekehrt war? Gabi, der es finanziell nicht gut ging, schon gar nicht, wenn sie aus dem Haus rausmusste, wollte Hardy heiraten, um versorgt zu sein, aber Gertrud Bense war im Weg. Und solange Mama im Haus regierte, gab es keine Lösung, keine Heirat. Im Prinzip hätten beide, Hardy und Gabi, sogar gemeinsame Sache machen können. In dem Fall wäre Benses dick aufgetragene Abneigung gegen Gabi vielleicht nur ein Bluff gewesen.

»Sie sagten, Sie waren den ganzen Vormittag außer Haus, um Ferienwohnungen zu putzen«, sagte Lilly. »Dafür brauchen wir die Adressen. Hat Sie jemand beim Putzen gesehen?«

»Frau Hansen, ihr gehören die Wohnungen. Ich habe kurz mit ihr gesprochen, als ich ankam.«

Kein gutes Alibi, dachte Lilly. Die Adresse, die ihnen Gabi Tammen gab, befand sich ganz in der Nähe. Sie hätte ihre Putzarbeit jederzeit unterbrechen und das Haus der Benses schnell erreichen können. Zu dumm, dass sie den genauen Todeszeitpunkt erst morgen, nach der Obduktion, erfahren würden. Im Prinzip hätte sie die alte Frau auch kurz vor ihrer »Entdeckung« umbringen können, vielleicht im Streit über die Mietkündigung.

Lilly dachte gerade über ihre nächste Frage nach, als die Tochter auf die Terrasse kam, ein etwa zehnjähriges Kind mit einem langen Zopf und Sommersprossen auf der Nase. Lilly lächelte ihr zu und sagte: »Ich bin Lilly. Und du bist sicher Nele, habe ich recht? Nele, die gerade mumpsfrei hat?«

Das Mädchen erwiderte ihr Lächeln nicht. Es wirkte bedrückt. »Sind Sie die Polizei?«, fragte sie ernst.

Lilly nickte. Ihre feinen Antennen sagten ihr, dass das Kind irgendetwas zu beunruhigen schien. Als Gabi Tammen aufstand, weil sie zu ihren Gästen gehen wollte, hielt ihre Tochter sie zurück. Lilly fiel auf, dass sie zwei tiefe Kratzer am Handgelenk hatte.

»Ich muss euch was sagen.« Nele kuschelte sich dicht an ihre Mutter.

»Hast du was Schlimmes angestellt, Nele?«, fragte Fitzen mit Grabesstimme. »Müssen wir dich ins Gefängnis stecken?«

Lilly befürchtete, dass er das Kind mit diesem Unsinn erschreckt hatte, doch das Gegenteil war der Fall; Nele wurde sichtlich lockerer und kicherte.

»Nein, aber ich hab was gesehen.« Sie wandte sich an ihre Mutter. »Ich habe Frau Bense schon vor dir entdeckt, Mama, wie sie in der Küche auf dem Boden lag. Und ich hab noch was gesehen: Da war nämlich jemand. Einer mit dunklen Haaren, aber genau konnte ich ihn nicht erkennen, nur durch die Gardine. Der ist dann ganz schnell weggerannt.«

Frühstück mit Thyra

Am Abend, in ihrer gemütlichen Pension in Wyk, hatten sie noch lange in Lillys Zimmer – es war das größte und besaß die bequemste Sitzgarnitur – zusammengesessen und über den Fall diskutiert.

Und am Morgen, nach dem Frühstück, trafen sie sich wieder dort, blickten über die roten Petunien vor den Fenstern auf das dunstige Meer und beobachteten auf dem Sandwall die Touristen, die mit ihren Brötchentüten zum Bäcker gingen.

»Fassen wir mal zusammen, was wir bisher erfahren haben«, sagte Benthien und nippte an seinem Kaffee, den sie sich aufs Zimmer bestellt hatten. »Nele hat Frau Bense ungefähr zwanzig Minuten vor ihrer Mutter entdeckt, das war so gegen zehn nach zwölf. Kurz zuvor hat sie einen Jogger am Strand gesehen, der aus Richtung der Häuser kam, den sie aber nicht beschreiben kann, weil er ein schwarzes Kapuzenshirt trug. Sie weiß nur, dass er schlank war und schnell rennen konnte. Also ist er fit und sportlich. Nach ihm muss gefahndet werden; wenn er nicht der Täter ist, könnte er ein Zeuge sein. Wenig später hat sie dann am Haus einen Mann flüchtig gesehen, der wahrscheinlich dunkle Haare hatte und davonlief. Nele kann uns nicht …«

Er unterbrach sich, weil es energisch an die Türe klopfte. Lilly traute ihren Augen nicht, als Thyra Kortum, die Oberstaatsanwältin, ins Zimmer spaziert kam. Sie war krankgeschrieben, weil sie Probleme mit den Gelenken hatte, so viel wusste Lilly. Aber wie kam sie hierher?

Thyra, im feschen Kostüm, die blonden Haare wie immer perfekt frisiert, wirkte erschreckend tatendurstig. Sie lächelte die drei an. Lilly dämmerte es. »Bist du etwa hier auf Föhr in der Reha?«

Thyra zog ihre Jacke aus und ließ sich aufs Sofa plumpsen. »Ja, trifft sich das nicht gut?« Sie nahm den Tisch in Augenschein. »Habt ihr nur Kaffee? Kein Frühstück?«

Benthien grinste. »Wir haben schon unten gefrühstückt. Und du doch wohl in der Reha!«

»Ja, Knäckebrot mit Quark.« Sie griff nach der kleinen Karte und zum Telefon und bestellte ein Croissant mit Butter und Marmelade aufs Zimmer, dazu einen Kaffee mit einer Extraportion Sahne.

Fitzen räusperte sich. »Hast du uns, bevor du abfuhrst, nicht was von Diät gesagt?«

Thyra musterte ihn empört mit ihren klaren, eisblauen Augen. »Ich habe genau sieben Kilo zu viel. Wer braucht denn deswegen eine Diät? Ich doch nicht! Erzählt mir lieber was von dem Mord an der alten Frau. Was habt ihr bisher rausbekommen?«

Benthien, der Thyra schon seit Ewigkeiten kannte, denn sie war eine Freundin seiner Mutter gewesen, gab ihr einen ausführlichen Bericht, während die Oberstaatsanwältin genüsslich Butter und Marmelade auf jeden Bissen ihres Croissants strich.

»Was ist mit dem Ehepaar Laukat?«, fragte sie schließlich mit vollem Mund. »Die wohnen doch im Haus. Die müssten etwas mitbekommen haben – wenn nicht, sind sie mir bereits verdächtig.«

»Die Laukats haben wir gestern Abend noch in ihrem Hotel ausführlicher befragt«, sagte Fitzen, der wie ein hungriger Wolf auf Thyras Croissantkrümel starrte. »Sie sind kurz nach acht aus dem Haus gegangen, bis dahin war alles still, und sie haben niemanden gesehen. Das Frühstück haben sie in einem Café eingenommen – das stimmt, wir haben es überprüft – und sind dann zu einer Radtour aufgebrochen. Sie waren erst am frühen Nachmittag zurück.«

»Also haben sie im Prinzip kein Alibi«, schloss Thyra messerscharf.

Fitzen telefonierte indessen mit dem Empfang und bestellte ebenfalls ein Croissant mit Beilagen, wobei er von Thyra unterbrochen wurde, die mit zwei ausgestreckten Fingern vor seinem Gesicht herumfuchtelte, sodass er geistesgegenwärtig seine Bestellung in zwei Croissants umänderte.

»Wir sollten vielleicht auch mal arbeiten, Leute«, sagte Benthien, doch Thyra bemerkte weise, Essen und Arbeit schlössen sich nicht aus.

Lilly war wieder einmal froh, dass sie vor drei Jahren von Lüneburg zur Flensburger Mordkommission gewechselt hatte. Sie mochte die Kollegen, und sie mochte vor allem Thyras burschikose Art. Sie verlangte viel und möglichst alles gestern, bemutterte aber auch gern die Menschen, die sie mochte, und hatte ein großes Herz und einen ausgeprägten Sinn für Gerechtigkeit.

»Was ist denn mit dem Sohn, diesem Hartmut Bense?«, fragte Thyra. »Wenn der so unter der Fuchtel stand, hatte er doch das beste denkbare Motiv?«

»Er war den ganzen Vormittag in seinem Laden und bei Kunden, Holm Ingwersen hat das überprüft«, antwortete Lilly. »Die Laukats haben uns erzählt, dass die Benses schon seit drei Generationen in Wyk ein Ladengeschäft für Wäsche haben. Gardinen, Tischwäsche, Bettwäsche und sowas. Die hiesige Polizei hat ihn dort abgeholt, nachdem Frau Bense gefunden worden war.

Aber wir werden ihn nachher noch genauer befragen, wenn der Schock etwas abgeklungen ist.«

»Er glaubt, dass die Nachbarin, Gabi Tammen, seine Mutter umgebracht hat«, sagte Fitzen. »Ganz ausgeschlossen ist das nicht, die hätte schon ein oder zwei gute Motive. Aber Hardy ist geradezu besessen von ihr – im negativen Sinn –, den kann man da nicht so wirklich ernst nehmen.«

»Am wahrscheinlichsten erscheint mir, dass es ein Einbrecher war, der überrascht wurde und spontan zugeschlagen hat«, meinte Thyra. »Kann ich euch nicht irgendwie helfen?«

Lilly starrte sie an. »Thyra, du bist hier zur Reha! Hast du denn keine Anwendungen?«

Die Oberstaatsanwältin schnitt eine Grimasse. »Wassergymnastik um zwölf. Danach gibt's einen gesunden Kräutersalat mit Croutons. Wollen wir uns nicht heute Abend zum Essen treffen?«

»Damit du dir ein dickes Steak einfahren kannst?« Fitzen grinste. »Meinetwegen. Bist du mit dem Auto hier?«

Thyra verneinte, sie war von ihrer nahegelegenen Reha zu Fuß hergekommen

Benthien stand auf. »Ich hoffe, ihr zwei habt jetzt genug gefuttert. Thyra, wir bringen dich zurück in die Reha, und dann werden wir mit Hartmut Bense reden.«

»Da komme ich mit, ich habe ja noch genügend Zeit!« Der Miene der Oberstaatsanwältin war anzusehen, dass sie nicht mit sich reden lassen würde, also musste sie notgedrungen mitgenommen werden.

Am Schauplatz des Mordes

Unterwegs kam Thyra auf die Idee, den Tatort besichtigen zu wollen, daher blieb Benthien nichts anderes übrig, als mit ihr zum Haus der Benses zu fahren.

Es lag still und verlassen da. Die Spurensicherung hatte ihre Arbeit beendet und war abgezogen, aber die Blutlache in der Küche und die Kreidestriche auf dem Boden, die die Umrisse der Leiche markierten, waren noch vorhanden.

»Ich mache mal oben weiter«, sagte Fitzen und verschwand, als Benthien zustimmend nickte.

Thyra betrachtete das Chaos. »Sie scheint völlig überrascht worden zu sein. Gab es Anzeichen von Gegenwehr?«

»Nichts Offensichtliches«, sagte Lilly.

»Sie stand am Herd, dann kam jemand dazu, langte nach der heißen, gusseisernen Pfanne und drosch sie der alten Frau auf den Kopf. John, du Quantico-Profiler, was sagt dir das?«

Benthien, der tatsächlich ein halbes Jahr im US-amerikanischen Quantico, dem Hauptsitz des FBI, Lehrgänge zum Fallanalytiker gemacht hatte, warf ihr einen schrägen Blick zu. Machte sie sich über ihn lustig? Bei ihr wusste man das nie so genau.

»Das sagt mir so viel wie jedem anderen, der sich mit Verbrechen beschäftigt: Es war wohl eine spontane, impulsive Tat, sicherlich kein sorgfältig geplanter Mord.«

»Oder man wollte es so aussehen lassen, als wäre es eine spontane Tat«, warf Thyra ein.

»Du denkst zu kompliziert.« Benthien spazierte nachdenklich durch die Küche. »Mein Gefühl sagt mir, es war eine Beziehungstat. Versetzt euch doch mal in die Lage eines Einbrechers: Erstens müsste er gemerkt haben, dass jemand in der Küche hantierte, und da sie eine alte, nicht sehr bewegliche Frau war, hätte er ihr aus dem Weg gehen können. Er hätte durchaus hinter ihrem Rücken ins Obergeschoss schleichen können, das hätte sie nicht bemerkt, zumal sie schlecht hörte. Überrascht wird sie ihn nicht haben, denn sie war ja am Kochen. Und sollte er doch von ihr überrascht worden sein, würde er ihr dann die volle Pfanne auf den Kopf hauen? Er würde sie vielleicht schubsen oder zu Boden stoßen, und bestimmt hätte er keine Schwierigkeiten, zu entkommen.«

»Aber wenn sie ihn erkannt hat?«, gab Lilly zu bedenken.

»Trotzdem, ein Einbruch hier in diesem Haus, wo nicht viel zu holen ist, ist doch eher ein harmloses Delikt gegenüber einem Mord.«

Plötzlich hörten sie Lärm und laute Stimmen von oben, dann polterte es auf der Treppe, und Fitzen erschien, der einen sehr wütenden jungen Mann vor sich herschubste.

»Ich habe ihn im Kleiderschrank gefunden«, verkündete er, »zusammengekauert wie ein Häschen. Im Zimmer der Laukats!«

»Ich bin Steffen Laukat!«, schimpfte der junge Mann. »Meine Eltern haben diese Wohnung gemietet! Was aber haben *Sie* da zu suchen?«

»Und warum verstecken Sie sich im Kleiderschrank?«, konterte Fitzen.

»Ich dachte, es wären Einbrecher im Haus!«

»Erzählen Sie das Ihrer Großmutter!« Sie starrten sich gegenseitig an. Benthien stellte fest, dass der junge Mann unter seiner Wollmütze ordentlich schwitzte. Er war mittelgroß, schmächtig, mit bleichem Gesicht und einem dünnen, flaumigen Oberlippenbart. Sein Blick war unstet.

Thyra verlangte seinen Ausweis zu sehen, den er ihr murrend gab. Dann forderte sie ihn auf, die Taschen seiner Lederjacke zu leeren, was er verweigerte. Besonders die Brusttasche wirkte ziemlich ausgebeult.

»Los«, sagte Fitzen, »mach keine Fisimatenten, Junge!« Mit einem Griff in den Kragen zog er ihm die Jacke aus. Benthien, der bereits Handschuhe übergestreift hatte, packte zu und holte ein ansehnliches Geldbündel aus der mit einem Reißverschluss verschlossenen Brusttasche.

»Das Geld gehört mir, verdammt!«, schnauzte der junge Mann, doch Benthien holte bereits ein Beweismitteltütchen aus einer Tasche seiner praktischen Cargohose und tütete es ein. »Wenn es Ihnen gehört, bekommen Sie es wieder, aber zuerst muss es untersucht werden. Und wir müssen mit Ihren Eltern sprechen. Lauter Fünfhunderteuroscheine, insgesamt zwanzigtausend Euro. Wozu tragen Sie so viel Geld mit sich herum?«

»Das geht Sie nichts an!«

»Und wissen Ihre Eltern überhaupt, dass Sie hier sind? Gestern haben sie Sie mit keinem Wort erwähnt!«

Fitzen telefonierte bereits. Benthien war klar, dass er die Laukats anrief. Er war sich sicher, dass Steffen Laukat ohne Wissen seiner Eltern hier war, und dass er ihnen das Geld gestohlen hatte. War er auch gestern schon auf der Insel gewesen? War er der Einbrecher? Oder gar der Mörder, weil Gertrud Bense ihn erkannt hatte? Sicherlich kannte sie ja den Sohn der Laukats. Seine dunkle Mütze hätte man, wenn man ihn nur kurz und als Silhouette sah wie Nele, für einen dunklen Haarschopf halten können. Sein Haarflaum jedenfalls hatte einen leichten, hellen Rotton, sodass er sicherlich keine dunklen Haare hatte.

Thyra war schon vorausmarschiert in die »gute Stube«, wie Frau Bense sie sicher genannt hatte, um Laukat zu verhören. Doch der Mann war nicht sehr gesprächig. Er bestritt vehement, schon gestern angereist zu sein. Nein, sagte er, er wäre erst in der Nacht in Hamburg losgefahren und hatte dann eine der ersten Fähren auf die Insel genommen.

»Und warum wollten Sie auf einmal Ihre Eltern besuchen?«, fragte Thyra. »Warum hatten Sie es so eilig? Und woher stammt das Geld?«

Laukat schwieg zunächst, und Benthien stellte innerlich schmunzelnd fest, dass er offenbar Zeit brauchte, um eine halbwegs glaubwürdige Geschichte zu erfinden. Nach einigen Minuten war er so weit und legte los. Er behauptete, seine Eltern hätten ihn gestern Morgen angerufen und gebeten, ihnen das Geld am nächsten Tag zu bringen. Sie waren schon lange mit Frau Bense in Verhandlung gewesen, weil sie ihre Ferienwohnung kaufen wollten.

»Davon ist schon seit Monaten die Rede«, sagte Laukat. »Meine Mutter geht demnächst in Pension, und es war schon immer ihre große Sehnsucht, dann ganz nach Föhr zu ziehen. Frau Bense brauchte einige Zeit, um sich zu entscheiden. Aber jetzt war sie einverstanden, und dieses Geld sollte eine Art Anzahlung sein, damit sie es sich nicht wieder anders überlegt.« Er blickte um sich. »Wo ist die eigentlich? Ist sie krank?«

Sein Schauspiel war nicht sehr überzeugend, genauso wenig wie seine Geschichte. Außerdem hatte er ja das Siegel an der Tür gesehen, und in der Küche das Blut und die Kreidestriche, da konnte er sich wohl denken, dass etwas Gravierendes geschehen sein musste. Ins Haus gelangt war er aber offenbar auf einem anderen Weg, denn das Siegel war intakt.

»Lieber Freund«, sagte Fitzen in diesem Augenblick, »Sie lügen wie gedruckt. Augenblick mal, ich komme gleich wieder!«

Er lief aus dem Zimmer und rannte die Treppe hoch. Kurz darauf war er mit einigen Papieren wieder zurück.

»Das habe ich in Frau Benses Schlafzimmer gefunden. Sie hatte ihren Papierkram unter den langen Winterunterhosen liegen.« Er wandte sich an Laukat und fuchtelte mit einem Stück Papier herum. »Dummerweise habe ich hier die Kopie eines Schreibens von Frau Bense an Ihre Eltern. Darin sagt sie unter anderem: *Teile ich Ihnen hier mit, dass ich Ihnen meine Wohnung jetzt nicht und auch zu keinem anderen Zeitpunkt verkaufen werde. Sie wissen warum! Und ob ich sie Ihnen weiterhin vermieten werde, muss ich mir noch überlegen.* Was sagen Sie dazu? Der Brief ist gerade mal ein paar Tage alt!«

Laukat ließ sich nicht aus der Ruhe bringen. »Dann hat sie es sich eben wieder anders überlegt. Sie hat andauernd ihre Meinung geändert.«

»Wie sind Sie eigentlich ins Haus gekommen?«, wollte Thyra wissen.

»Unter einem der Blumentöpfe liegt immer ein Schlüssel.«

»Wenn Sie die Eingangstür aufgeschlossen hätten, wäre das Siegel gerissen.«

Laukat grinste. »An der Tür, die von der Küche nach draußen führt, ist kein Siegel angebracht! Und meine Eltern haben ja auch das Recht, das Haus und ihre Ferienwohnung zu betreten. Sie können mir gar nichts anhaben!«

Als es klingelte, fuhren alle zusammen. Es waren die Laukats, und die Blicke, die sie ihrem Sohn zuwarfen, waren keineswegs liebevoll. Wie interessant, dachte Benthien, dass sie gerade jetzt zur Stelle waren. Hatte ihr Sohn sie etwa angerufen?

Geplatzte Träume

Angesichts der vielen ungeklärten Fragen wurden das Ehepaar Laukat und ihr Sohn getrennt voneinander befragt. Lilly überlegte, ob sie in Steffen Laukat den Täter bereits gefunden hatten. Sein plötzliches Auftauchen, seine dubiosen Geschichten, die hohe Summe, die er in der Tasche trug, das alles sprach für eine gewisse kriminelle Energie. Daher brachten sie die Laukats sofort, noch ehe sie die Möglichkeit hatten, sich mit ihrem Sohn abzusprechen, in die Ferienwohnung, die sie so gern kaufen wollten, während Benthien und Fitzen Steffen Laukat weiterhin unten verhörten.

Oben angekommen, schlenderte Lilly durch die Wohnung und warf einen prüfenden Blick in alle Räume. Warum war Renate Laukat so versessen auf diese Wohnung, fragte sie sich. Sie war relativ klein, mit Dachschrägen und ohne Balkon, allerdings hatte man von hier einen herrlichen Blick aufs Meer. In Hamburg, das hatte Lilly gestern Abend recherchiert, wohnten die Laukats in einem kleinen Bungalow mit Garten in einer ruhigen, grünen Wohnsiedlung. Warum wollten sie den gegen diese verhältnismäßig enge Wohnung eintauschen? Noch dazu in einem Haus, in dem sie nie unbeobachtet waren?

Herr Laukat war derzeit arbeitslos, seine Frau arbeitete als Lehrerin an einem Gymnasium, aber offenbar wollte sie in den vorzeitigen Ruhestand gehen. Machten ihr die Schüler zu schaffen, die mangelnde Disziplin? Konnte sie sich nicht durchsetzen? Sie sah auch jetzt so aus, als wäre sie mit den Nerven am Ende. Das Gesicht war grau, wirkte vorzeitig gealtert, und ihre Hände zitterten, als sie den Kaffee servierte. Sie hatte höflich darauf bestanden, welchen zu kochen.

»Haben Sie den Besuch Ihres Sohnes erwartet?«, fragte Thyra. Als sie sah, dass Frau Laukat zögerte, fügte sie hinzu: »Bitte seien Sie ehrlich. Es hilft niemandem, wenn wir dahinterkommen, dass Sie uns nicht die Wahrheit erzählen, am wenigsten Ihrem Sohn.«

Die Laukats sahen sich an. Lilly schien es, als sei Frau Laukat noch blasser geworden. Doch es war der Mann, der antwortete.

»Wir haben gestern Abend mit Steffen telefoniert und ihm erzählt, was passiert ist. Davon, dass er herkommen sollte, war aber nicht die Rede.«

»Ihr Sohn hatte zwanzigtausend Euro bei sich, als mein Kollege ihn in Ihrer Wohnung entdeckte. Er versteckte sich im Kleiderschrank. Haben Sie eine Idee, woher er das Geld hatte?«

Lilly entging nicht, dass die Eheleute erschraken. Unwillkürlich huschte Frau Laukats Blick zu einer Kommode, die im Zimmer stand. Auch Thyra hatte es bemerkt.

»Das Geld lag in dieser Kommode, und es war Ihr eigenes Geld«, sagte sie ihnen auf den Kopf zu. »Hatten Sie es für den Wohnungskauf mitgenommen? Als Anzahlung?«

Renate Laukat barg ihr Gesicht in den Händen. Offenbar war sie nahe an einem Zusammenbruch.

»Sagen Sie uns die Wahrheit«, mahnte Thyra noch einmal.

»Sie haben recht, wir hatten es als Anzahlung gedacht. Frau Bense traute Banken nicht und hielt nicht viel von Überweisungen. Sie hatte uns die Wohnung zugesagt, war dann aber wieder davon abgekommen. Wir dachten, wenn wir ihr erstmal eine Anzahlung auf den

Tisch legen, wird sie es sich vielleicht wieder anders überlegen. Gertrud ist … war … ziemlich sprunghaft und unberechenbar.«

»Hatten Sie diese Summe bei sich, als Sie nach Föhr kamen?«, fragte Thyra.

Laukat nickte. »Wir wollten es ihr ja übergeben.«

Damit, dachte Lilly, war Steffen Laukat zumindest an diesem Punkt schon mal der Lüge überführt. »Warum hat sie einen Rückzieher gemacht?«, erkundigte sie sich.

Laukat seufzte tief. »Wegen unseres Sohnes. Er war ein paarmal frech und ausfallend ihr gegenüber. Steffen … er ist … er ist uns leider etwas entglitten. Lässt sich auf windige Geschäfte ein, und dann hat er angefangen zu spielen, er hat auch Schulden, fürchte ich … kurzum, er ist in Schwierigkeiten. Eigentlich pausenlos die ganzen letzten Jahre, egal, wie oft wir ihm geholfen haben. Für Gertrud war das der Grund, weshalb sie uns nicht mehr im Haus haben wollte, nicht mal mehr als Mieter. Als ob sowas ansteckend wäre! Immerhin kennen wir uns seit über zwanzig Jahren. Aber sie konnte sehr kleinbürgerlich und engstirnig sein.«

Frau Laukat weinte still vor sich hin. Allerdings nicht wegen ihres Sohnes, stellte Lilly fest, als sie flüsterte: »Wenn wir dieses Haus hier verlieren, diese Wohnung«, flüsterte sie, »ertrage ich das nicht. Dies hier ist meine Zuflucht, meine Heimat. Ich liebe dieses alte Haus, den Blick aufs Meer, die Stille, ich brauche das …« Ihr Weinen wurde stärker.

Ihr Mann warf Lilly einen Blick zu. Sie stand auf und ging mit ihm hinaus auf den Flur. »Meine Frau ist krank«, sagte er leise, »nervlich und psychisch. Ihr Beruf war sehr belastend für sie, und in der letzten Zeit hatte sie oft schwere Depressionen. Hier auf Föhr ist sie immer wieder aufgeblüht. Deshalb ist ihr diese Wohnung so wichtig. Hierherzukommen ist für sie wie eine Flucht. – Allerdings ist auch mir diese Wohnung sehr wichtig!«, fügte er noch hinzu.

»Gibt es denn Hoffnung«, fragte Lilly, »die Wohnung doch noch zu kaufen? Oder ist Hartmut Bense auch dagegen, Sie ihnen zu überlassen?«

Laukat fuhr sich übers Gesicht, als wollte er seine Gedanken wegwischen. »Das glaube ich nicht. Wir kennen ihn ja, seit er ein Kind war, und haben uns immer gut mit ihm verstanden. Nein, jetzt …« Er stockte und riss die Augen auf. »Was wollen Sie eigentlich damit sagen?«

»Nichts«, meinte Lilly, »war nur eine Frage.«

»Wir haben Frau Bense nicht getötet! Mein Gott, das wäre doch kein Grund … Oder glauben Sie, Steffen hat sie umgebracht? Das kann nicht sein, er war gestern Abend noch bei uns zu Hause in Hamburg, wir haben ihn auf dem Festnetztelefon …«

»Wir ermitteln in alle Richtungen«, sagte Lilly den bekannten Spruch, doch das mit der Routine verkniff sie sich. Dass er als Vater seinem Sohn ein Alibi gab – wenn auch ein schwaches –, war ja fast zu erwarten gewesen. Thyra kam hinzu, verabschiedete sich und wollte nach unten gehen, als Herrn Laukat noch etwas einfiel.

»Befragen Sie doch mal Mareike Könen, die putzt regelmäßig für Frau Bense. Vielleicht weiß die etwas. Und sie hat einen etwas seltsamen Freund, sehr liebenswürdig, aber immer ein bisschen abwesend … wenn Sie verstehen, was ich meine.«

Mit diesen etwas rätselhaften Worten zog er sich in seine Wohnung zurück, aus der man immer noch Renate Laukat leise weinen hörte.

Unten war man mit dem Verhör nicht viel weitergekommen, Steffen Laukat blieb bei seiner Geschichte. Als Lilly ihn mit der gänzlich anderen Version seiner Eltern konfrontierte, teilte er ihnen mit, dass er von nun an ohne Anwalt gar nichts mehr sagen würde. Daraufhin rief Benthien den Polizisten Holm Ingwersen an, damit er Laukat abholte. »Wir überprüfen Ihre Aussagen, dann sehen wir weiter.«

»Sie wollen mich festnehmen?«, fragte Steffen verblüfft. »Weswegen denn?«

»Einbruch und Diebstahl«, sagte Thyra lakonisch. »Ihre Mutter hat mir erzählt, dass draußen keineswegs ein Schlüssel deponiert ist. Ich nehme an, Sie sind über den Keller ins Haus gestiegen in der Absicht, auf Diebeszug zu gehen. Und die zwanzigtausend Euro haben Sie Ihren Eltern nun definitiv geklaut! Außerdem wussten Sie bereits gestern Abend, seit dem Telefongespräch mit Ihren Eltern, dass Frau Bense tot war!«

»Aber ich habe die Alte nicht umgebracht! Ich war zu Hause in Hamburg, das haben Sie doch gehört!«

»Sie hätten am Abend mit Leichtigkeit wieder in Hamburg sein können«, entgegnete Benthien. »Immerhin wurde Ihrer Mutter gestern bereits Schmuck im Wert von viertausend Euro gestohlen!«

»Aber nicht von mir!«

»Das wird sich herausstellen, mein Freund«, sagte Fitzen.

Im Friesendom

Da Thyra nun doch langsam zu ihrer Wassergymnastik musste, fuhr Lilly sie zum Reha-Zentrum am Wyker Strand. Danach wollte sie das Büro in der Polizeistation beziehen und einige Recherchen durchführen. Benthien und Fitzen fuhren in den Nachbarort Nieblum, wo sie vor einem malerischen alten Reetdachhäuschen anhielten, in dem Bense zurzeit bei einem Freund wohnte.

Benthien, der ebenso wie Fitzen auf Sylt aufgewachsen war, kannte die Nachbarinsel natürlich recht gut. Nieblum war einer der malerischsten Orte auf der Insel und bei den Touristen sehr beliebt. Obwohl schon herbstliche Kühle herrschte, waren die Straßen- und Eiscafés noch belebt. Fast alle Tische waren besetzt, denn es schien immer noch eine herbstlich milde Sonne. In einer dieser schmalen Sträßchen mit dem Katzenkopfpflaster lag das Haus des Freundes, in dem Hardy Bense Unterschlupf gefunden hatte. Sie gingen durch den Garten voller Rosenbüsche und Hortensien auf die Friesentür zu, doch auf ihr Klingeln öffnete niemand.

War Bense etwa schon wieder im Laden tätig?

»Da ist niemand!«, rief eine tiefe Stimme aus dem Nachbargarten, die einer alten Frau gehörte. Trotz ihrer bestimmt achtzig Jahre stand sie gebückt über dem Plattenweg und rupfte Unkraut.

»Wissen Sie, wo sie sind?«, fragte Fitzen über den Zaun hinweg.

»Enno macht seine Touren, und der junge Bense ist in der Kirche«, sagte die Alte und drehte ihnen ihr kittelbeschürztes Hinterteil zu, um weiter Unkraut zu rupfen. Für sie war das Gespräch damit beendet.

»Na, dann gucken wir doch mal im Friesendom nach«, meinte Fitzen.

Es war nicht weit zur St.-Johannis-Kirche, einem großen, kreuzförmigen Bau aus rotem Backstein. Der hohe Turm aus der Frühgotik war schon vom Meer aus zu sehen. Sie war die älteste Kirche auf Föhr und ein Anziehungspunkt für Touristen, doch Hartmut Bense saß allein in einer der blauen Holzbänke, nur vorne dekorierte eine ältere Frau den Altar mit Herbstblumen, vielleicht auch schon fürs Erntedankfest, und ein einzelner Mann fotografierte die prachtvolle Empore.

Benthien und Fitzen näherten sich leise und setzten sich neben Hardy Bense. Er zuckte zusammen, als er sie bemerkte, sagte aber nichts. Lilly hat recht, dachte Benthien, er sieht Martin Luther ähnlich, auch vom Profil her, zumal er ein weißes Hemd mit Passe und kleinem Stehkragen trug, das fast mittelalterlich anmutete.

Für eine Weile schwiegen alle drei. Bense schien zutiefst in Gedanken versunken. Dann gab er sich einen Ruck und fragte: »Sind Sie schon weitergekommen? Hat sie den Mord an meiner Mutter gestanden?«

Er meinte natürlich Gabi Tammen. Benthien erzählte ihm mit unterdrückter Stimme, was inzwischen geschehen war. Doch Bense winkte ab, als er Steffen Laukat erwähnte. »Der hat allen möglichen Dreck am Stecken, Schecks gefälscht und schon mehrmals seine Eltern beklaut, aber ein Mörder ist er nicht. Das würde er nie wagen, dazu hat er viel zu viel Angst vor der Obrigkeit. Er ist ein feiger Hund. Aber Gabi, die hat Mut! Die ist couragiert! Die würde unter den Augen der Polizei einen Mord begehen, wenn es nötig wäre.«

Fast klang es bewundernd. Aber offenbar hatte auch ein gewisser zeitlicher Abstand Bense nicht von seiner fixen Idee abgebracht.

»Können Sie uns etwas genauer sagen, was Sie gestern den Vormittag über gemacht haben?«, fragte Fitzen. »Mit Uhrzeiten? Ihre Mutter haben Sie ja zum letzten Mal beim Frühstück gesehen. Um welche Zeit war das?«

Bense sackte in sich zusammen. Mit seiner Selbstbeherrschung war es noch immer nicht weit her. »Mutter frühstückt immer um neun, nach ihr kann man die Uhr stellen, das kann Ihnen auch jeder bestätigen. Ich bin allerdings früh gegangen, weil das Schaufenster umdekoriert werden sollte, noch bevor wir öffneten. Danach hatte ich auswärts einen Termin bei einem Kunden«, sagte er leise. »Daher war ich kurz nach neun im Laden. Gegen Mittag habe ich mir zwei Crêpes gekauft und mich auf eine Bank an der Promenade gesetzt und dort gegessen, das war so gegen zwölf, halb eins.«

»Für wen hat Ihre Mutter denn heute Mittag gekocht, wenn Sie nicht zu Hause waren?«

»Für sich selbst, nehme ich an. Für wen sonst?«

»Gehen Sie nie mittags zum Essen nach Hause?«

»Das ist unterschiedlich«, sagte Bense ausweichend, »manchmal schon, aber nicht gestern. Dazu war keine Zeit. Wann werden Sie Gabi endlich verhaften?«

»Sind Sie eigentlich immer noch in sie verliebt?«, fragte Fitzen wie beiläufig.

Bense stieß ein höhnisches Lachen aus. »Behauptet sie das? Das war einmal. Früher. Ist lange her. Jetzt hätte sie es wohl gern, aber da kann sie lange warten.«

»Werden Sie Ihr das Haus ebenfalls kündigen, oder kann sie jetzt dort wohnen bleiben?«

Bense starrte Fitzen an. »Sind Sie eigentlich vollkommen begriffsstutzig? Kapieren Sie es denn nicht? Gabi hat meine Mutter ermordet. Sie wird die nächsten Jahre im Gefängnis verbringen! Da wird sie ja wohl kaum in meinem Haus wohnen bleiben können!«

Nachdenken am Strand

»Der ist völlig besessen von dem Gedanken, dass Gabi Tammen die Täterin war«, sagte Fitzen, als sie am Strand entlang zurück nach Wyk gingen. Der Bus war ihnen gerade davongefahren, und auf den nächsten wollten sie nicht warten, da ging Benthien die wenigen Kilometer doch lieber zu Fuß. Bewegung, zumindest bei ihm war das so, förderte das Denken. Im Augenblick, fand er, traten sie auf der Stelle. Ein mehr oder weniger gutes Motiv, Gertrud Bense umzubringen, hatten eigentlich alle, die sie bisher getroffen hatten. Aber sie mussten noch Mareike Könen befragen – Hardy Bense hatte ihnen die Adresse in Wyk gegeben – und Alibis überprüfen, besonders das von Steffen Laukat. Die Strecke Föhr-Hamburg war schließlich gut an einem Tag zu bewältigen.

Als hätte er es geahnt, rief der Rechtsmediziner aus der Pathologie an, Dr. Radtke. Er hatte die Obduktion beendet und konnte nun auch die Todesursache nennen: Schädelbasisbruch mit schweren inneren Blutungen, an denen Frau Bense innerhalb von Minuten gestorben war.

»Abwehrverletzungen gibt es keine, nichts deutet auf einen Kampf hin«, sagte Dr. Radtke. »Allerdings haben wir unter ihren Fingernägeln Anhaftungen gefunden, ein paar Hautpartikel. Kann sein, dass sie ihren Angreifer gekratzt hat. Im Magen lag noch, gänzlich unverdaut, ihr Frühstück, Toastbrot mit Honig. Es ist schwierig, bei der Toten anhand der Körpertemperatur den genauen Todeszeitpunkt festzustellen, aber ich würde sagen, es war zwischen halb neun und elf Uhr am Vormittag.«

»Plus/minus?«, fragte Benthien. »Ihr Sohn sagte, sie hat immer Punkt neun Uhr morgens gefrühstückt.«

»Deuteln Sie nicht immer an meinen Angaben herum«, sagte der ewig schlecht gestimmte Radtke unwirsch, »plus/minus gar nichts!« Er legte auf, und Benthien berichtete Fitzen, was er gesagt hatte.

Fitzen machte ein verblüfftes Gesicht. »Das passt doch hinten und vorne nicht zusammen. Eben sagt uns der Sohn, sie hätte ihre Mahlzeiten pünktlich wie ein Uhrwerk eingenommen. Aber wieso sollte sie früh am Morgen die Würste für das Mittagessen braten?«

Benthien zuckte mit den Achseln. »Das wäre zu klären. Kann ja sein, dass sie aus irgendeinem Grund später gefrühstückt hat.«

Fitzen überlegte. »Wir sollten überprüfen, ob Gabi Tammen in genau diesem Zeitfenster die Wohnungen geputzt hat.«

Benthien stimmte ihm zu. Er zog sein Handy aus der Tasche und rief Lilly in der Polizeistation an, um sie über den Obduktionsbericht zu informieren. »Lilly, ruf die in Frage kommenden Leute an und bestelle sie her. Wir brauchen Speichelproben und müssen sie auf Kratzspuren untersuchen. Immerhin haben wir jetzt endlich etwas Handfestes!«

»Wann seid ihr hier?«, fragte Lilly.

»Wir wollen noch mit Mareike Könen, der Putzhilfe, sprechen, die arbeitet im Supermarkt«, sagte Benthien, »dann kommen wir.«

Er beobachtete, wie Fitzen stehen blieb und sich Schuhe und Strümpfe auszog. Die Sportschuhe knotete er dann an den Schuhbändern zusammen und hängte sie sich um den Hals. Fitzen hatte recht, dachte Benthien. Es war vielleicht einer der letzten schönen Sommertage, sie waren am Meer, die Flut hatte auf dem Watt verlockende, knöchelhohe Strandseen hinterlassen, da wäre es geradezu eine Sünde gewesen, den kurzen Umweg über den Strand nicht zu genießen. Er tat es Fitzen nach, und sie gingen hinein ins Watt, auf die ferne Fahrrinne zu, auf der gerade ein kleiner Katamaran schaukelte. Benthien musste an sein Segelboot, die *Blue Bird*, denken, die in Flensburg im Hafen lag. Diesen Sommer hatte er mit seiner Lebensgefährtin Karin und ihrer Tochter Celina endlich eine Segeltour entlang der norwegischen Küste machen können, doch der Sommer und sein Urlaub waren viel zu kurz gewesen, und schon hatte ihn der Alltag wieder eingeholt. Aber er nahm sich vor, wenigstens am Wochenende noch ein paarmal zu segeln, bevor die Tage kürzer und kälter wurden.

»Die Tochter hätte es auch tun können«, sagte Fitzen ganz unerwartet in Benthiens Gedanken hinein.

»Die Tochter? Du meinst Nele? Die soll mit der schweren, gusseisernen Pfanne zugeschlagen haben?«, fragte Benthien entgeistert. »Das halte ich für schlichtweg unmöglich.«

»Aber hast du gestern nicht die frischen Kratzer an ihrem Handgelenk gesehen? Sonst sind mir nirgendwo Kratzer aufgefallen, weder bei ihrer Mutter noch bei den Laukats oder bei Hardy.«

»Kinder haben ständig Kratzer oder blaue Flecken, das besagt doch gar nichts!«

Fitzen zuckte die Achseln. »Wie, wenn Hardy doch recht hat? Wenn er gar nicht so besessen ist, wie wir denken, sondern nur einen guten Instinkt hat? Für Gabi steht immerhin ihre Existenz auf dem Spiel.«

»Fitzen, mir geht es auf den Senkel, dass du von unserer Klientel immer nur per Vornamen redest! Das ist wenig professionell, und ich weiß, du tust das nur, um mich zu ärgern! Und was Frau Tammen betrifft: So, wie

Bense ihr gegenüber eingestellt ist, wird er ihr das Haus nicht überlassen, und dann hat sie gar nichts erreicht!«

»Wir müssen noch ein paar andere Leute befragen, zum Beispiel die Putzhilfe Mareike Könen«, sagte Fitzen unbeeindruckt von dem Tadel. »Wir wissen zu wenig über die Benses, und das alles ist sehr subjektiv. Jeder kocht hier anscheinend sein eigenes Süppchen, will seine eigenen Interessen bedienen. Hardy würde ich übrigens auch nicht ganz außen vor lassen. Wenn ihn seine Mutter dermaßen unterdrückt hat, hätte er ebenfalls ein gutes Motiv.« Er wich einem kleinen Krebs aus, der auf seinen nackten Fuß zusteuerte, und schnippte mit dem großen Zeh Sand auf ihn, was den Krebs schneller rennen ließ.

»Das Verhältnis zwischen Mutter und Sohn ist schon ziemlich merkwürdig«, gab Benthien zu, »aber er scheint aufrichtig um sie zu trauern. Ich ruf Holm Ingwersen an, mal sehen, ob sie bei den Nachbarn etwas herausgefunden haben. Und wir werden gleich nachher Benses Mitarbeiter befragen.«

Doch Ingwersen und seine Kollegen, die bei der Nachbarschaft an die Türen geklopft und sie nach Auffälligkeiten an dem gestrigen Vormittag befragt hatten, hatten nichts Neues zu vermelden bis auf einen Hinweis.

»Eine Frau Kosel, die ein paar Häuser weiter wohnt, sozusagen in der zweiten Reihe hinter Benses, dort, wo die großen Gärten sind, sagte uns, dass wir unser Augenmerk auf einen gewissen Raffael Quest richten sollten«, berichtete Benthien anschließend. Quest ist der Freund von Frau Benses Putzhilfe und öfter im Haus, wenn sie dort putzt. Frau Kosel sagte, er sei ein windiger Typ, nähme Drogen und so. Holm Ingwersen meinte allerdings, das könnte auch die übliche Gerüchteküche sein. Ich schlage vor, als Nächstes besuchen wir Mareike Könen.«

Sie waren inzwischen bis zur Fahrrinne vorgedrungen und beobachteten eine große weiße Fähre, die nur drei Meter entfernt an ihnen vorüberzog. Vom oberen Deck winkten ihnen ein paar Kinder zu. Dann mussten sie einer Gruppe von Reitern ausweichen, die durchs Watt galoppierten, und kurz darauf einem der berühmten Föhrer Störche, der nach Krebsen suchte. Benthien erklärte Fitzen, dass die Störche auf Föhr irgendwann einmal gelernt hätten, auch im Watt nach Nahrung zu suchen, manchmal bettelten sie aber auch die Gäste zwischen den Strandkörben oder auf dem Promenadenweg an. Viele blieben sogar den Winter über auf der Insel.

Als sie umdrehten und weiter am Strand in Richtung Wyk gingen, tauchten langsam die ersten Strandkörbe auf. Möwen zankten sich um ein Brötchen, Kinder spielten Federball, überall am Strand herrschte reges Leben an diesem milden Spätsommertag. Ein junger Mann mit Rucksack kam ihnen entgegen und blieb zögernd stehen, als er auf ihrer Höhe angelangt war. Da er sie beide fragend ansah, fühlte Benthien sich angesprochen und erkundigte sich, ob er ihm helfen könne.

Der junge Mann grinste freundlich. »Sind Sie die Polizeibeamten aus Flensburg? Die den Tod von Frau Bense untersuchen?«

»Sieht man uns das an?«, fragte Benthien verblüfft.

Das Lächeln wurde strahlender. »Föhr ist ein Dorf, hier spricht sich alles in Windeseile herum«, sagte der junge Mann. »Außerdem habe ich Sie gestern vor dem Haus der Benses stehen sehen. Ich bin Raffael Quest, aber alle nennen mich Raffi.«

Er gab ihnen die Hand, und Benthien staunte immer mehr. Dass ihnen jemand, den sie befragen wollten, so ohne weiteres über den Weg lief, kam eher selten vor.

»Sie sind der Freund von Mareike Könen?«, versicherte sich Fitzen.

Der junge Mann nickte. »Der bin ich. Und ich glaube, ich kann Ihnen helfen. Ich weiß wahrscheinlich, wer Frau Bense getötet hat.«

Ein begabter Künstler

Auf den Schock gingen sie die paar Schritte zur Promenade, die am gesamten Wyker Strand entlangführte, und ließen sich auf einer Bank nieder. Benthien und Fitzen zogen eilig ihre Schuhe wieder an. Der junge Mann holte indessen Stift und Block aus seinem Rucksack und begann eine Zeichnung aus einer etwas sonderbaren Perspektive: Er warf mit schnellen Strichen ein Stück der weißen Bank aufs Papier, dazu drei Paar Knie, drei Paar Füße – zweien wurden gerade Schuhe und Strümpfe angezogen –, hantierende Hände und das Pflaster zu ihren Füßen. Es war ihr eigener Blickwinkel, wenn sie an sich herunterguckten.

Benthien musste lachen. »Sie sind sehr geschickt! Machen Sie das beruflich?«

»Auch«, sagte Quest. »Ich setze mich manchmal an die Promenade und porträtiere die vorübergehenden Leute. Wenn sie auf dem Rückweg wieder vorbeikommen, sehen sie ihre Bilder, und manche kaufen sie mir ab.«

»Kann man damit Geld verdienen?«, fragte Fitzen, pragmatisch wie immer.

»Nein«, gab Quest zu. »Na ja, ein kleines Taschengeld.«

»Erzählen Sie uns, wer Frau Bense getötet hat und warum«, forderte Benthien den jungen Mann auf.

Und Fitzen ergänzte: »Und woher wissen Sie das?«

Dass der junge Mann kiffte, glaubte Benthien der unbekannten Frau Kosel sofort. Er machte den Eindruck, als lebte er in einem paradiesischen Wolkenkuckucksheim. Ein beständiges Lächeln lag auf seinen hübschen Gesichtszügen, seine Reaktionen schienen verlangsamt zu sein, als müsste er sich permanent vergegenwärtigen, wer und wo er war. Eine schwarze Lockenmähne betonte den Künstler, er erinnerte Benthien an die Maler auf der Place de Tertre in Paris, wie sie in den zwanziger Jahren ausgesehen haben mochten. Fehlte nur noch die Baskenmütze.

Er lächelte wieder auf Fitzens Frage. »Nein, ich habe ihn gesehen. Wie er aus dem Haus kam. Er hat sich so komisch umgeguckt, als wollte er nicht gesehen werden. Dann ist er runter zum Strand gejoggt.«

»Und wo waren Sie? Warum hat er Sie nicht entdeckt?«

»Ich saß hinter einem Busch«, sagte Quest heiter und zeichnete eine Möwe neben Benthiens linken Fuß.

Benthien, dem inzwischen klar war, dass er der ganz eigenen, etwas wirren Logik dieses liebenswerten Zeitgenossen folgen musste, bemerkte: »Sie wollten demnach auch nicht gesehen werden.«

»Richtig.«

»Gab es dafür einen besonderen Grund?«, erkundigte sich Fitzen harmlos.

»Ich wollte von der alten Bense nicht erwischt werden.«

»Und der Grund war welcher?«

»Tja, ich wollte mich mal umgucken.«

»Im Haus?«

Quest nickte.

»Um dort was zu tun?«

Der junge Mann begann eine neue Zeichnung auf einem neuen Blatt.

»Mareike verdient nicht viel mit ihrer Putzerei, und wir haben Schulden. Ich wollte mal sehen, was es bei den Benses so zu essen gibt.«

»Sie wollten Nahrungsmittel stehlen?«, fragte Benthien verblüfft.

»Es gibt dort eine Speisekammer, die ist immer rappelvoll, weil Frau Bense einen Tick hat. Mareike – sie arbeitet halbtags noch in einem Supermarkt – muss ihr jedes Mal, wenn sie zum Putzen kommt, neue Vorräte mitbringen. Sie hat ungefähr fünfzig Nudelpackungen und dreißig Gurkengläser und eingemachtes Obst und über zwanzig Reispackungen. Manchmal packt uns Hardy was in eine Tasche. Als seine Mutter das kürzlich mitbekommen hat, hat es einen Riesenzoff gegeben. Sie hat sogar mit einem Besen nach ihm geschlagen.« Er lachte. »Die Frau konnte ganz schön rabiat sein.«

»Wollen Sie damit sagen, Hardy hat seine Mutter getötet?«

Quest lachte. »Der doch nicht! Nein, es war der Sohn von den Leuten aus der oberen Wohnung. Den Laukats.«

»Und Sie wissen das, weil Sie gesehen haben, wie er sich aus dem Haus schlich?«, fragte Benthien.

Quest nickte. »Sonst war niemand da.«

»Moment mal. Lassen Sie uns das mal aufdröseln«, sagte Benthien. »Sie marschieren zu dem Haus der Benses, weil Sie nach den Essensvorräten sehen wollen. Ist das so weit richtig?«

Quest nickte und zeichnete ein paar Augenbrauen.

»Aber dabei wollten Sie Frau Bense nicht begegnen, richtig?«

Quest nickte. »Und auch sonst niemandem.«

»Warum geht man in ein Haus voller Leute, wenn man dort nicht gesehen werden will?«, wollte Fitzen wissen.

»Die Laukats waren mit den Rädern weg, die habe ich durch Wyk fahren sehen. Die Bense ist schwerhörig;

wenn sie oben ist, kriegt sie nicht mit, wenn unten jemand rumläuft. Dann habe ich aber gesehen, dass der Sohn der Laukats das Haus betrat und dort herumschlich, und wollte warten, bis er wieder draußen war.«

»Deshalb der Busch?«

Quest nickte.

»Und dann?«

»Der Kerl kam plötzlich wie ein Pfeil aus dem Haus geschossen und rannte zum Strand. Die Küchentür war nur angelehnt. Da bin ich rein und hab den Schock meines Lebens bekommen …«

»Weil die alte Frau tot in der Küche lag?«

»Genau.«

»Aber die könnte doch schon länger da gelegen haben.«

»Aber der Laukat sah aus, als ob ihn etwas zu Tode erschreckt hätte. Vorher hatte ich ihn durch die Fenster oben in der Wohnung rumlaufen sehen. Das hätte er ja wohl nicht getan, wenn er gewusst hätte, dass Frau Bense tot in der Küche liegt. Entweder hat die jemand getötet, während er oben war, oder er war es selbst, weil sie ihn überrascht hat. Und dann hat er gemacht, dass er wegkam. Und dass noch ein Dritter im Haus war, glaube ich nicht, denn das hätte ich gemerkt.«

»Um welche Uhrzeit war das alles?«

Bense grinste. »Ich lebe nicht nach der Uhr, denn was bedeutet schon Zeit? Schlimm genug, dass sie vergeht.«

Benthien betrachtete den Mann leicht verzweifelt. War er als Zeuge überhaupt glaubhaft?

»Sie müssen doch wissen, ob es morgens um sieben oder mittags um eins war?«, fuhr Fitzen ihn an.

Quest zuckte mit den Schultern. »Irgendwann dazwischen. Eher später.«

Ein hoffnungsloser Fall.

»Sind Sie sicher, dass das, was Sie uns gerade erzählen, gestern war und nicht heute Morgen?«, fragte Benthien irritiert.

Der junge Mann dachte kurz nach. »Das muss gestern gewesen sein. Denn heute liegt die Leiche ja wohl nicht mehr da, oder? Und gestern Abend haben wir Miracoli gegessen, die hatte ich aus der Speisekammer mitgenommen.«

»*Wie bitte?* Sie haben trotz der Leiche immer noch geklaut? Und außerdem haben Sie die Leiche nicht gemeldet, was Sie aber dringend hätten tun müssen!«, sagte Fitzen ärgerlich.

»Ich hatte kein Handy dabei! Außerdem dachte ich, dass die bald jemand finden wird. Hören Sie, ich wollte Ihnen helfen, deshalb erzähle ich das doch alles.«

Benthien konnte nicht anders, er musste lachen. Offenbar erwartete Quest noch ein dickes Lob von ihnen. Auf jeden Fall musste Steffen Laukat gründlich überprüft werden, denn angeblich war er am Vortag ja noch in Hamburg gewesen. Es war alles sehr undurchsichtig. Frau Bense war offenbar umgeben gewesen von Menschen, die ihr grollten und die möglicherweise ihren Tod gewünscht hatten. Und alle schienen zur fraglichen Zeit am Tatort gewesen zu sein.

Sie trennten sich von Raffael Quest, der ihnen zum Abschied seine zwei Zeichnungen in die Hand drückte, die vom Schuhe-Anziehen und ein Porträt von Tommy Fitzen, das ihm, wie Benthien fand, erstaunlich ähnelte.

Fitzen verzog das Gesicht. »Soll ich das wirklich sein?«

Sein Freund grinste und riet ihm, sich mal zu kämmen. »Dann kannst sogar du durchaus ordentlich aussehen.«

Weitere Wahrheiten

Mareike Könen war klein und schmächtig, wirkte aber sportlich wie eine Marathonläuferin. Benthien beobachtete fasziniert das Muskelspiel an ihren sehnigen Armen, als sie routiniert und schnell die Waren übers Band gleiten ließ und das Geld der Kunden einsammelte, alles in einer einzigen, anmutigen Bewegung. An ihrer Kasse im Supermarkt war nicht allzu viel los, deshalb wurde ihr auf Benthiens Bitte hin erlaubt, eine kurze Pause zu machen.

»Gehen wir nach draußen, dann kann ich eine rauchen«, bat sie, und die drei suchten sich ein ruhiges Plätzchen auf einem Rasenstück, das an einen Parkplatz grenzte.

Die junge Frau schien nicht allzu schockiert zu sein durch den Tod der Frau Bense; aber nicht aus Mangel an Empathie, glaubte Benthien, sondern weil sie das Leben so nahm, wie es sich ihr bot, ohne Sentimentalität und Larmoyanz. Sie versuchte, einfach das Beste daraus zu machen, wie unangenehm die Situation für sie auch sein mochte. Immerhin hatte sie nun eine für sie notwendige Arbeitsstelle verloren.

Mareike zumindest gehörte nicht zu den Verdächtigen, das ließ Benthien schon mal aufatmen. Sie war ab acht Uhr morgens bis ein Uhr mittags an ihrem Arbeitsplatz an der Supermarktkasse gewesen, das konnten unzählige Leute bestätigen.

»Wo war ihr Freund, als Sie gestern Morgen das Haus verließen?«, fragte Fitzen.

Mareike lächelte flüchtig. »Er schlief tief und fest. Raffi steht nie vor elf Uhr auf.«

»Niemals?«

Sie nahm einen tiefen Zug von ihrer Zigarette. »Er geht selten vor drei Uhr ins Bett, daher schläft er morgens lange. Er ist schon aus einigen Arbeitsstellen rausgeflogen, weil er nicht aus dem Bett kam.«

»Hat er aktuell keine Arbeit?«

Die junge Frau verneinte. »Er lebt von seiner Malerei.«

»Davon kann man leben?«

Sie zuckte mit den Schultern. »Nicht wirklich.«

»Wussten Sie, dass er bei den Benses Nahrungsmittel aus der Speisekammer klaut?«, fragte Fitzen.

Benthien beobachtete, wie Mareike Könen rot anlief. Das sagte wohl alles.

»Trauen Sie ihm einen Mord zu?«

»Um Gottes willen!« Mareike schien ehrlich entsetzt. »Raffi doch nicht, der ist der liebste Mensch der Welt! Der bringt Spinnen nach draußen und trägt jede einzelne Schnecke, die er sieht, vom Weg in die Wiese, damit sie nicht von Fahrrädern überfahren wird. Raffi erschlägt doch keinen Menschen!«

»Woher wissen Sie, dass Frau Bense erschlagen wurde? Das stand nicht in der Zeitung!«

»Trotzdem weiß es jeder. Dies ist eine Insel!« Sie ließ die Zigarette zu Boden fallen und trat sie aus.

Benthien beschloss, das Thema zu wechseln. »Erzählen Sie uns etwas über Frau Bense. War sie eine gute Arbeitgeberin?«

»Na ja.« Mareike trat von einem Fuß auf den anderen. »Sie war ziemlich unbequem und diktatorisch. Wusste alles besser. Einmal sollte ich die Fliesenfugen mit einer Zahnbürste reinigen. Aber dass ich mir jetzt eine neue Stelle suchen muss, gefällt mir auch nicht.« Sie bestätigte, dass Frau Bense täglich morgens um neun frühstückte. »»Wie eine Uhr! Dabei sieht sie nämlich eine Fernsehsendung im ZDF, die dann anfängt.«

Ein erkennbares Motiv, die alte Frau zu töten, hatte Mareike Könen nicht, dazu ein sehr gutes Alibi. Mareike, dachte Benthien, konnte er wohl von der Liste streichen. Und ganz nebenbei hatte sie die Verwirrung um den Tatzeitpunkt noch befeuert. Wie, zum Teufel, passten aber die Bratwürstchen in den Ablauf?

»Dass Frau Bense unbequem und nicht allzu beliebt war, haben wir schon erfahren. Wüssten Sie jemanden, der ihr ernsthaft schaden will?«, fragte Fitzen.

»Dass jemand den Mord an ihr geplant hat, kann ich mir nicht vorstellen«, sagte Mareike und nestelte an ihrem üppigen Pferdeschwanz herum. »Aber sie konnte die Menschen schon so zur Weißglut bringen, dass man vielleicht zugeschlagen hat, ohne es zu wollen.«

»Wer käme denn als Kandidat in Frage?«

»Ich möchte niemanden beschuldigen.«

»Frau Könen«, sagte Benthien eindringlich, »hier geht es um einen Mord, oder meinetwegen auch Totschlag. Wenn Sie etwas wissen, müssen Sie es uns sagen!«

»Ich war am Tag vorher bei Frau Bense und habe die Gardinen gewaschen und aufgehängt. Dabei habe ich mitbekommen, wie die Nachbarin, Gabi Tammen, mit Frau Bense in Streit geriet. Frau Bense wollte sie ja aus dem Haus haben, jetzt drohte sie ihr mit einer Zwangsräumung. Gabi war außer sich, sie hat natürlich Angst um ihre Existenz. Deshalb sagte sie zu Frau Bense, das werde ihr noch leidtun, wenn sie dabei bliebe. Am Schluss fing Gabi an zu weinen, aber die Bense blieb hart …«

»Gibt es für diesen Zwist einen besonderen Grund? Sie hatte sich doch früher ganz gut mit Frau Tammen verstanden?«

»Ich glaube, je älter sie wurde, desto mehr klammerte sie sich an ihren Sohn. Sie hatte eine Heidenangst, dass sie ihn an eine Frau verlieren könnte, erst recht jetzt, wo Gabi geschieden und wieder zurück auf der Insel war. Hardy war ja immer schon in sie verliebt gewesen. Die Bense hatte Angst, dass er bei ihr zum Zuge kommen würde.«

»Wie sieht es mit den Laukats aus?«, erkundigte sich Fitzen. »Hat sie sich mit denen gut verstanden?«

»Darauf wollte ich gerade kommen«, sagte die junge Frau lebhaft. »Mit Frau Laukat gab es auch jede Menge Zoff. Frau Bense wollte ihnen die Wohnung nicht mehr verkaufen wegen ihres Sohnes. Sie war da ziemlich altmodisch, sie wollte ihn nicht im Haus haben, weil er vorbestraft ist. So viel habe ich jedenfalls mitbekommen. Außerdem hatte sie schon einen anderen Käufer, einen Einheimischen. Frau Laukat war völlig außer sich.«

»Im Grunde genommen haben wir viel zu viele Verdächtige«, sagte Fitzen, als sie sich auf den kurzen Weg durch die Wyker Innenstadt zur Polizeistation machten. Er seufzte. »Fast jeder scheint einen guten Grund zu haben, Frau Bense umzubringen. Und dass Quest wirklich Steffen Laukat gesehen hat, davon bin ich auch nicht überzeugt. Ob der eigentlich weiß, was er redet? Übrigens, du hast demnächst Geburtstag, Alter, das hast du doch hoffentlich nicht vergessen?«

Benthien, der Geburtstagsfeierlichkeiten hasste, jedenfalls, wenn es um ihn selbst ging, stöhnte. »Denk gar nicht erst drüber nach. Solange ich an diesem Fall sitze, feiere ich nicht. Ich kann dieses Bohei um Geburtstage sowieso nicht verstehen.«

Fitzen lachte. »Wie ich deinen Vater kenne, reist der sofort an, wenn wir dann noch auf Föhr sind. Und Thyra ist auch so ein Feierfreak. Die werden schon was auf die Beine stellen, glaube mir! Was ist eigentlich mit Karin? Kommt die nicht? Ey, Alter, ist da irgendwas im Busch mit euch?«

Zu Benthiens Glück klingelte in diesem Augenblick sein Handy. Es war Lilly, die aus der Polizeistation anrief. »Wenn ihr euren netten kleinen Ausflug beendet habt, kommt ihr dann mal her?«

»Wir sind schon auf dem Weg«, beruhigte Benthien sie. Dann erklärte er Fitzen ausführlich den Terminplan für den Nachmittag, in der Hauptsache deshalb, damit er nicht wieder anfing, von Geburtstagsfeiern zu schwafeln.

In der Polizeistation

In der Polizeistation war Lilly indessen sehr fleißig gewesen. Sie hatte einen Backgroundcheck von allen Verdächtigen gemacht und konnte den Kollegen mitteilen, dass sowohl Steffen Laukat als auch Raffael Quest aktenkundig waren. Laukat wegen falscher eidesstattlicher Aussage und kleinen Betrügereien, Quest wegen Fahrens ohne Führerschein und Drogenkonsums und weil er einen Hund gekidnappt hatte. Der aber seiner Besitzerin wieder zurückgegeben wurde.

»Alle anderen sind bisher nie auffällig geworden«, beendete Lilly ihren Bericht. »Ach ja, und Steffen Laukat besteht darauf, mit uns zu sprechen. Ihm ist inzwischen eingefallen, dass er ein Alibi für gestern hat!«

»Dann holen wir ihn doch mal her! Hast du unsere Verdächtigen wegen der Speichelproben bestellt?«

»Aber natürlich, ist längst erledigt. Sind alle im Anmarsch!«

Sie hatten in der Polizeistation am Hafendeich einen Raum mit drei Schreibtischen zugewiesen bekommen, in den Steffen Laukat kurz darauf geführt wurde. Als Erstes beschwerte er sich, dass er immer noch festgehalten wurde. »Ich habe ein Alibi für gestern!«, verkündete er aggressiv und lümmelte sich auf einem Stuhl.

»Das fällt Ihnen jetzt erst ein?«, erkundigte sich Fitzen freundlich. »Dann mal raus damit!«

»Ich war nachmittags um halb drei in Husum, wo ich mich mit Freunden getroffen habe. Wir waren einen trinken. Hier, ich gebe Ihnen die Adressen.«

Er schrieb die Namen auf einen Block, den Lilly ihm über den Tisch schob.

»Warum in Husum?«, fragte Fitzen.

Steffen Laukat sah auf. »Weil sie dort wohnen? Ist doch nicht weit von Hamburg aus.«

»Sie hätten Frau Bense am frühen Vormittag umbringen und trotzdem pünktlich um halb drei in Husum sein können. Ihr Alibi ist ziemlich wertlos«, sagte Fitzen ungerührt. »Abgesehen davon gibt es eine Zeugenaussage, nach der sie gestern im Haus gesehen worden sind. Wären Sie einverstanden mit einem freiwilligen Speicheltest?«

»Warum?«

»Weil Sie sich damit entlasten könnten. Und dann seien Sie mal so gut und ziehen Ihre Jacke und Ihr T-Shirt aus. Wir müssen Sie auf Kratzspuren untersuchen.«

Laukat, der schon den Mund geöffnet hatte, als wollte er lautstark Widerspruch einlegen, schien es sich anders überlegt zu haben. Er zuckte mit den Achseln. »Okay, wenn's der Wahrheitsfindung dient. Aber welcher Lügner hat denn behauptet, dass er mich gesehen hat?«

Darauf erhielt er keine Antwort. Sie nahmen die Speichelprobe und begutachteten seine Arme und den nackten Oberkörper, ebenso Hals und Gesicht, doch es ließen sich keine Kratzspuren entdecken.

»Okay, Sie können vorläufig gehen«, sagte Benthien zum Schluss. »Aber Sie verlassen nicht die Insel, verstanden? Dann würden wir Sie nämlich sofort festnehmen.«

Laukat grinste vielsagend und verschwand.

In den folgenden zwei Stunden erschienen Gabi und Nele Tammen, Raffael Quest – der enttäuscht war, weil es so schnell ging, denn er fand es »spannend«, ein Verdächtiger zu sein, wie er ihnen freundlich versicherte - und das Ehepaar Laukat.

Als man Quest noch einmal fragte, ob er sicher sei, Steffen Laukat im Haus gesehen zu haben, meinte er in seiner unbestimmten Weise: Ja, aber vielleicht wäre es auch ein anderer Mann gewesen. Er könne die Leute nicht immer so auseinanderhalten, berichtete ihnen Holm Ingwersen.

»Was eine sehr seltsame Aussage für einen Porträtmaler ist«, kommentierte Fitzen ärgerlich. »Will der uns verarschen?«

Frau Laukat schien in keiner guten Verfassung zu sein. Ihre Augen waren geschwollen und vom Weinen gerötet. Benthien dachte zuerst, es wäre der Kummer, weil ihr Sohn unter Verdacht stand, doch dann sagte sie schluchzend: »Diese Wohnung ist mein Lebenstraum. Hier ist der Ort, der mir guttut, an dem ich wirklich glücklich bin. Aber auch Hartmut will uns die Wohnung nicht verkaufen, wir hatten gestern ein langes Gespräch mit ihm.«

»Warum nicht?«, fragte Lilly erstaunt.

»Er will das gesamte Haus verkaufen und wegziehen«, sagte Herr Laukat bekümmert. »Er meint, nach dem gewaltsamen Tod seiner Mutter hält er es dort nicht mehr aus.« Er wandte sich an seine Frau und ergriff ihre Hand. »Renate, ich glaube, das sagt er jetzt, weil er noch so aufgewühlt ist. Er wird seine Meinung wieder ändern, da bin ich sicher.«

»Du weißt, dass er bereits beim Makler war. Und so ein Haus mit Meerblick, direkt am Strand, das wird ihm doch aus den Händen gerissen!«

»Können Sie es nicht kaufen?«, fragte Fitzen.

Laukat seufzte. »Bin ich Rockefeller? Apropos, wann bekommen wir unsere zwanzigtausend Euro wieder?«

»Wenn sie erkennungsdienstlich behandelt wurden«, sagte Benthien, »in ein paar Tagen. Bitte bleiben Sie solange auf Föhr!«

Niemand, außer Nele Tammen, hatte einen Kratzer. Und der stamme von einer unbekannten Katze, mit der sie in den Dünen gespielt habe, erklärte das Kind. Auf die Frage, ob sie nun in ihrem Haus wohnen bleiben könne, schüttelte eine sehr blasse Gabi Tammen den Kopf.

»Er sagt, er will alles verkaufen. Und selbst wenn er es nicht täte, wäre ich die Letzte, die er darin wohnen ließe«, sagte sie, und beinahe flossen auch hier die Tränen.

»Du hättest ihn eben doch heiraten sollen, auch wenn er dir zu dick ist«, verkündete Nele. »Zu mir war er doch immer nett. Wo sollen wir denn jetzt hin?«

Hardy Bense war der letzte ihrer Verdächtigen, der sie aufsuchte. Auch er konnte keinen Kratzer aufweisen, und die Speichelprobe ließ er mit stoischer Ruhe über sich ergehen. Doch Benthien meinte zu spüren, wie er innerlich zitterte; er schien kurz vor einem Nervenzusammenbruch zu stehen, dafür sprachen auch seine plötzlichen, wenig durchdachten Entscheidungen. Es war, als habe man ihm den Boden unter den Füßen weggezogen, als hinge er orientierungslos in der Luft, jetzt, wo seine alles bestimmende Mutter nicht mehr da war.

»Wann wollen Sie Gabi denn eigentlich verhaften?«, fragte er, als Speichelprobe und Körperinspektion abgeschlossen waren.

»Wir haben nichts gegen Gabi Tammen in der Hand«, erklärte Lilly abwehrend. »Ihre Verdächtigungen allein reichen nicht aus!«

»Aber sie war vor Ort!«

»Da war sie nicht die Einzige.«

»Und sie hat kein Alibi!«

»Woher wollen Sie das denn wissen?«, fragte Fitzen. »Sie hat zwei Ferienwohnungen im Fehrstieg geputzt.«

»Dabei hat sie aber niemand gesehen, oder? Und von dort zu unserem Haus ist es nicht weit. Ich sage Ihnen was!« Bense wurde auf einmal ganz aufgeregt. »Ich habe mit Frau Hansen gesprochen, das ist die Vermieterin der Ferienwohnungen, weil ich wissen wollte, ob sie Gabi gestern Morgen gesehen hat.«

»Laut Frau Tammen hat sie gestern mit Frau Hansen gesprochen.«

»Das hat sie mir nicht gesagt, aber abgesehen davon wohnt sie gar nicht in dem Objekt! Aber, und jetzt kommt es: Sie hat mir erzählt, dass die neuen Mieter sich darüber beschwert haben, dass die Wohnungen nicht sauber waren! Die Fenster waren nicht geputzt, es wurde nur oberflächlich gesaugt, und die Böden waren nur gefegt worden, nicht nass gewischt! Inka war jedenfalls sehr verärgert darüber, besonders, weil Gabi sonst immer sehr gründlich ist. Das heißt für mich«, Bense hob einen Finger, »dass Gabi genug Zeit hatte, um meine Mutter zu ermorden. Später hat sie dann so getan, als hätte sie sie gerade erst gefunden!«

Benthien stand auf. »Wir werden der Sache nachgehen. Aber nur auf Ihr Wort hin können wir Frau Tammen natürlich nicht verhaften, das werden Sie sicher verstehen.«

Nachdem Bense den Raum verlassen hatte, blätterte Fitzen in der Akte auf der Suche nach der Aussage von Frau Hansen, die von einem Kollegen von Holm Ingwersen befragt worden war. »Sie spricht davon, Gabi Tammen gesehen zu haben, ist sich aber nicht ganz sicher, ob das am Morgen des Mordtages war oder am Tag davor«, sagte er ärgerlich.

»Ich sehe keinen Punkt, wo wir bei Gabi Tammen ansetzen könnten«, sagte Benthien. »Sie hat zwar ein Motiv und kein verlässliches Alibi, sie war vor Ort … aber nachweisen kann man ihr bisher rein gar nichts. Warten wir ab, was die KTU nach der Auswertung der Speichelproben sagt. Vielleicht stammen die Anhaftungen unter Frau Benses Fingernägeln ja von Gabi Tammen.«

«Ingwersen und seine Kollegen sind gerade dabei, die Kleidung aller Verdächtigen einzusammeln, die diese gestern getragen haben«, sagte Lilly. »In der Hoffnung, Blutspritzer zu finden. Allerdings meint Claudia Matthis von der KTU, dass die Blutung zunächst nach innen erfolgt ist. Erst Sekunden später trat das Blut auch nach außen, aber da lag sie schon auf dem Boden. Der Täter muss also nicht unbedingt Blut abbekommen haben.«

Der Rest des Tages ging damit drauf, alle Verdächtigen aufzusuchen und die entsprechenden Kleidungsstücke einzusammeln. Auch Lilly und Fitzen nahmen an der Aktion teil. Tommy Fitzen spielte anschließend den Kurier, was zur Folge hatte, dass er in Flensburg übernachten musste und erst am nächsten Tag wieder auf der Insel sein würde, denn spät am Abend setzte keine Fähre mehr über.

Tod am Strand

Am nächsten Morgen wurde Benthien durch lautes Klopfen an der Tür aus dem Schlaf gerissen. Es war Oskar Laukat, der ihm beinahe entgegenfiel, als er öffnete. Er sprudelte seine Sätze so hastig und aufgeregt hervor, dass Benthien zunächst kein einziges Wort verstand. Erst als er dem Mann ein Glas Wasser brachte und ihn zu beruhigen versuchte, verstand er, dass Renate Laukat vermisst wurde. Draußen war es noch dunkel.

»Sie war nicht im Bett, als ich wach wurde, und auch nicht im Hotel!«, sagte Laukat schließlich erschöpft. »Sie hat sich ihre Sachen von gestern wieder angezogen und ist ohne Handtasche aus dem Haus gegangen. Irgendwann in der Nacht oder am frühen Morgen.« Verzweifelt sah er Benthien an. »Wo kann sie denn hin sein?«

»Wäre es möglich, dass sie in Ihre Ferienwohnung gegangen ist?«

»Was? Ja, das könnte sein … Wieso hab‹ ich nicht …« Laukat sprang auf und wollte völlig kopflos aus dem Zimmer laufen, doch Benthien hielt ihn zurück, damit sie ihre Handynummern austauschen und so in Kontakt bleiben konnten.

«Rufen Sie mich bitte an, wenn Sie sie dort finden!«

»Natürlich, das mache ich.« Laukat zögerte. »Sie war so verzweifelt wegen dieser vermaledeiten Wohnung. An die hat sie nun mal ihr Herz gehängt. Es war das große Ziel in ihrem Leben, unseren Ruhestand in dieser Wohnung zu genießen, mit diesem unvergleichlichen Blick. Renate konnte stundenlang am Fenster oder in den Dünen sitzen und träumen.« Er senkte die Stimme.

»Wissen Sie, sie hatte immer wieder Depressionen und Angstzustände. War seit Jahren beim Psychiater, hat mal mehr, mal weniger geholfen. Am Anfang hatten wir ja noch Hoffnung. Aber die Krankheit ist unberechenbar. Eine Zeitlang läuft es gut, und man wiegt sich in Sicherheit, fängt langsam an, wieder Lebensmut zu schöpfen, dann kommt plötzlich der Rückschlag. Renate hat es jedes Mal fast umgehauen. Jetzt die Enttäuschung mit der Wohnung … verstehen Sie, dass ich Angst habe?«

Benthien verstand. Renate Laukat war ein psychisch sehr labiler Mensch, anscheinend hilflos ihrer Krankheit ausgeliefert. Und nun war sie allein auf der Insel unterwegs. Seit wann? War sie schon in der Nacht aus dem Hotel geflohen, verfolgt von ihren Dämonen?

Er ließ Oskar Laukat gehen, versprach ihm aber, so schnell wie möglich nachzukommen. Er duschte und zog sich an, klopfte dann Lilly aus dem Bett, um ihr in Kürze die neueste Entwicklung zu schildern, und machte sich über den Sandwall, wo ein stürmischer Wind die ersten Blätter von den Bäumen riss, auf den nicht allzu weiten Weg zum Bense-Haus. Er fand die Tür offen stehen und Laukat im Wohnzimmer sitzen, das Gesicht in den Händen vergraben. Benthien erschrak. War etwas passiert?

»Sie war hier«, sagte der Mann tonlos. »Sie hat ihre Schuhe ausgezogen, die sie gestern anhatte, und sich Gummistiefel übergestreift. Und sie hat ihren Winterparka angezogen, der mit Fell gefüttert ist. Dazu ist es aber viel zu warm. Ich habe auch rund ums Haus nach ihr gesucht und war am Strand – sie ist nicht da. Ich weiß nicht, wo ich Renate noch suchen soll. Was hat sie denn bloß vor?«

Benthien wusste, woran Laukat dachte. Hatte seine Frau Selbstmord begangen? Aber wo und wie? War es ein Hilfeschrei? Wollte sie gefunden werden?

Er griff nach dem Mobiltelefon und rief in der Polizeistation an. Er berichtete, was bisher geschehen war, schilderte Renate Laukats Gemütszustand und bat um einen Suchtrupp. Die Kollegen versprachen, sofort zwei Streifenwagen loszuschicken. Erstmal sollten Wyk und Umgebung abgesucht werden.

Als er sein Telefon wieder wegsteckte, fiel Benthien etwas ein. »Haben Sie Ihrem Sohn Bescheid gesagt? Vielleicht ist Ihre Frau bei ihm?«

»Habe ich nicht, aber sie wird nicht bei ihm sein. Wenn es ihr schlecht geht, meidet sie unseren Sohn. Er ist nicht gerade eine Hilfe.«

Aber er rief dennoch an. Es dauerte eine Weile, bis Steffen Laukat verschlafen ans Telefon kam. Nein, seine Mutter war nicht bei ihm, und er habe sie seit gestern Abend nicht gesehen. »Ich soll mich nicht aufregen. Er meint, sie macht nur einen Morgenspaziergang«, sagte Oskar Laukat verbittert.

»Könnte das denn sein?«

»Nein!«, sagte Laukat hart. »Nicht in ihrer Verfassung. Hinter ihrem Verschwinden steckt etwas anderes.«

Benthien ging hinüber zum Nachbarhaus und klingelte Gabi Tammen aus dem Bett. Auch sie hatte Renate Laukat nicht gesehen, bot sich aber an, mitzusuchen.

Über dem Strand ging zwar langsam die Sonne auf, doch dicke graue Wolken machten sie fast unsichtbar. Die schönen Spätsommertage schienen vorerst vorbei zu sein. Laub und Sand wehten über den Strand, das Meer trug weiße Schaumkämme. Ein gemütliches Wetter zum Spazierengehen war das nicht.

Am Strand lief nur ein älterer Jogger entlang, den sie ansprachen, doch auch er hatte unterwegs keinen Menschen gesehen.

»Kann es sein«, fragte Benthien, »dass Ihre Frau auf dem Weg zu Hardy Bense ist, um noch einmal mit ihm über die Wohnung oder den Hausverkauf zu sprechen?«

Laukats Gesicht leuchtete auf. »Das kann gut sein! So etwas sähe ihr ähnlich. Ihn in aller Herrgottsfrühe zu überfallen … haben Sie denn die Nummer von seinem Freund?«

Gabi Tammen, die das Gespräch mitgehört hatte, kam hinzu und wollte Laukat gerade Hardys Nummer geben, als Benthiens Telefon klingelte. Es war die Wyker Polizei. Mit einer unguten Vorahnung meldete er sich.

»Im Hafengebiet wurde gerade eine Leiche entdeckt«, meldete Holm Ingwersen. »Eine Frau, dunkle lange Haare. Alter circa Mitte fünfzig. Allzu lange kann sie noch nicht tot sein.«

»Grüner Winterparka und Gummistiefel?«

Ingwersen bestätigte es, und Benthien hatte nun die schwere Aufgabe, Renates Mann über den Tod seiner Frau zu informieren.

Laukat, der offenbar dachte, man habe sie lebend gefunden, wirkte erleichtert. »Das nächste Mal werde ich besser auf sie aufpassen«, sagte er und wischte sich den Schweiß von der Stirn. »Wo finde ich sie? Auf der Polizeistation?«

Gedankenspielereien

Am schockierendsten fand Benthien, dass Renate Laukat ein paar schwere Steine gesammelt und in die tiefen Taschen ihres Parkas gesteckt hatte, die sie dann mit einem Reißverschluss verschlossen hatte, um nur ja sicherzugehen, dass sie die Steine im Wasser nicht verlor.

Die Strömung hatte ihr einen Gummistiefel vom Fuß gerissen, und die nassen Haare lagen wie Seetang um ihren Kopf. Ein Krabbenfischer hatte den Körper in der Fahrrinne vor dem Hafen entdeckt.

»Eindeutig Selbstmord«, sagte Fitzen, der inzwischen wieder auf Föhr eingetroffen war, als sie im Behandlungszimmer der jungen Ärztin um die Liege herumstanden, auf der man die Leiche abgelegt hatte. Sie war für den Doc aus Niebüll eingesprungen, der bereits anderweitig unterwegs war.

»So eindeutig ist das nicht«, meinte die Ärztin und zeigte auf den Hals. »Sehen Sie die dunklen Strangmarken hier unter dem Kinn? Die Frau wurde vor ihrem Tod gewürgt.«

Als Benthien, Lilly und Fitzen später in ihrem Besprechungsraum in der Polizeistation saßen, waren sie noch immer ratlos. Sicher war, dass Renate Laukat zwischen Mitternacht und sechs Uhr morgens gestorben war. War sie mit Steinen in den Taschen ins Meer gegangen, wie einst Virginia Woolf in den Fluß Ouse? Mit Gummistiefeln, die sie am Schwimmen hinderten? Mit einem gefütterten Parka, der durch seine Nässe schwer an ihr hing und sie in ihren Bewegungen behinderte? Konnte sich ein Mensch so etwas Grausames antun? Laukat hatte ihnen versichert, dass seine Frau ausgezeichnet schwimmen konnte. Wollte sie es auf diese Weise unmöglich machen, sich doch noch zu retten?

Mit Laukat war ansonsten nicht zu reden. Er war zusammengebrochen, nachdem er seine Frau identifiziert hatte, und lag jetzt im Krankenhaus am Rebbelstieg.

Steffen Laukat erschien weniger betroffen, aber er konnte ihnen nicht helfen. Er blieb dabei, seine Mutter nach dem Abendessen nicht mehr gesehen zu haben. Und zu dem Zeitpunkt, sagte er, war sie traurig, verzweifelt und wütend gewesen, aber nicht in einer Stimmung, als ob sie selbstmordgefährdet sei.

Und dann waren da noch die Strangmarken am Hals, dunkel unterlaufen, die auf einen Strick hindeuteten. Ein Hanfseil vielleicht. Hatte sie zuerst vorgehabt, sich zu erdrosseln oder aufzuhängen? Und als das nicht geklappt hatte, war sie ins Wasser gegangen?

»Ich bin ziemlich sicher, dass es nicht möglich ist, sich selbst zu erdrosseln«, sagte Lilly. »Auch wenn man fest entschlossen ist. Man wird naturgemäß irgendwann ohnmächtig, und damit lässt der Druck auf den Hals automatisch nach. Irgendwann erwacht man wieder aus der Ohnmacht.«

»Oder auch nicht. Ich kenne einen Fall, da ist es einem Mann gelungen, sich zu erdrosseln«, widersprach Fitzen.

»Lasst uns zum Bense-Haus fahren und nach diesem Hanfseil suchen«, schlug Benthien vor.

»Claudia Matthis massakriert *uns,* wenn wir vor ihr am möglichen Tatort herumschleichen, das weißt du genau«, bremste ihn Lilly. »Lass uns lieber darüber nachdenken, was es bedeutet, dass Renate Laukat keinen Abschiedsbrief hinterlassen hat. Zumindest nicht im Hotel …«

»Der könnte in ihrer Ferienwohnung liegen«, bemerkte Fitzen.

»Offen lag da kein Brief herum«, sagte Benthien. Er selbst hatte die Wohnung heute Morgen nicht betreten, aber Laukat hatte ihm versichert, dass kein Brief da gewesen sei.

»Was könnte denn ein Motiv sein, die Frau zu ermorden?«, fragte Lilly laut. »Und wer könnte das getan haben?«

»Der Mörder von Frau Bense«, behauptete Fitzen. »Weil sie ihn beobachtet hat.«

»Aber die Laukats waren mit den Rädern unterwegs. In Utersum sind sie kurz nach zwölf in einem Gasthof eingekehrt.«

»Sie könnte eine Beobachtung gemacht haben, bevor sie aufbrachen, deren Bedeutung ihr erst später bewusst wurde«, widersprach Fitzen. »Zu dumm, dass wir nicht den exakten Todeszeitpunkt von Frau Bense kennen!«

»Nach dem Frühstück, das sie immer gegen neun Uhr einnahm. Erinnerst du dich? Man konnte die Uhr nach ihr stellen, sagte ihr Sohn«, warf Benthien ein. »Und ihr Frühstück hatte sie noch unverdaut im Magen.«

»Aber wie passt dann das Mittagessen, das sie gerade zubereitet hat, als sie getötet wurde, da rein«, überlegte Lily.

Benthien seufzte.

»Dieser Fall gefällt mir nicht«, sagte Fitzen unzufrieden. »Wir haben eine Menge Aussagen von Angehörigen und Nachbarn, die alle stimmen können oder auch nicht, und wenn sie uns die Hucke volllügen, merken wir es nicht einmal. Da kann doch jeder alles behaupten!«

»Dass sie immer um neun frühstückte, haben aber alle ausgesagt, die sie kannten«, sagte Lilly. »Gabi Tammen, Mareike Könen, die Laukats ...«

»Diese Herumraterei führt zu nichts«, sagte Benthien. »Wir brauchen Indizien, Beweise, Fakten. Und die werden wir vor heute Abend oder morgen früh nicht bekommen.«

Er unterbrach sich, weil die Tür aufging und die Oberstaatsanwältin hereinspazierte.

»Schwänzt du schon wieder eine Anwendung?«, fragte Fitzen neckend. »Soviel ich weiß, bist du krankgeschrieben und gar nicht im Dienst!«

»Sei nicht so vorlaut, min Jung! Bewegung tut mir gut. Und mir scheint, ihr braucht ein bisschen Unterstützung. Wie konnte denn das nur passieren?«

Darauf hatte natürlich niemand eine Antwort. Benthien berichtete, was er von Laukat über den Gesundheitszustand seiner Frau erfahren hatte.

»Demnach ist es sicher, dass Frau Laukat Selbstmord begangen hat?«, fragte Thyra ungläubig. »Wegen einer Ferienwohnung?«

Lilly erzählte ihr von den Strangmalen am Hals. »Sicher ist leider gar nichts. Wir wissen erst nach der Obduktion Genaueres.«

»Könnte ihr Mann sie ermordet haben?«

»Warum? Weil es meistens die Ehemänner sind?«, fragte Lilly.

Benthien war klar, das sollte ein Scherz sein, aber sicher war auch, dass in über achtzig Prozent aller Mordfälle Menschen aus dem nahen Umfeld des Opfers die Täter waren. Spielte Laukat ein falsches Spiel mit ihnen? Benthien glaubte es nicht, sein Entsetzen und seine Trauer schienen echt zu sein. Andererseits konnte er aber auch ein verdammt guter Schauspieler sein. Und das Geld schien knapp zu sein bei den Laukats, immerhin war Laukat schon seit einigen Jahren arbeitslos. Einige Male hatten sie ihren Sohn aus der Bredouille ziehen müssen. Vielleicht gab es ja eine Lebensversicherung, die jetzt, nach Renate Laukats Tod, eine lukrative Summe auszahlte? Dennoch, bei Selbstmord stellte sich eine Lebensversicherung üblicherweise quer. Gab es deshalb diese Strangmale? Wollte man Zweifel am Selbstmord säen? Aber wer? Laukat selbst oder seine Frau?

Den Rest des Nachmittags verbrachten sie erneut mit Befragungen und Recherchen. Lilly fand heraus, dass die Lebensversicherung der Laukats, die jetzt möglicherweise zur Auszahlung kommen würde, fünfzigtausend Euro betrug. War das ein Grund, Frau Laukat zu töten? Vielleicht, weil der Zeitpunkt gerade günstig war und man ihren Tod mit dem von Frau Bense in Verbindung bringen und dadurch die Ermittler auf eine falsche Spur locken könnte?

Benthien glaubte es nicht. Seine Erfahrung als Ermittler sagte ihm, dass Laukat aufrichtig um seine Frau trauerte und am Boden zerstört war. Dennoch glaubte er, dass ihr Tod etwas mit Frau Bense zu tun hatte. Aber wo war der Zusammenhang?

Hartmut Bense suchte sie im Lauf des Nachmittags in der Polizeistation auf. Obwohl das Haus inzwischen freigegeben worden war, wohnte er immer noch bei seinem Freund in Nieblum. Er habe Angst, allein zu sein, erklärte er, denn hinter jeder Tür, auf jedem Stuhl würde er zu Hause nur seine Mutter sehen.

»Ich werde beide Häuser verkaufen«, sagte er so müde, als liefe alles Leben, alles Wünschen und alle Energie wie ein Rinnsal jeden Tag mehr aus ihm heraus. Und am

Ende, dachte Benthien, bleibt nur eine leere Hülle übrig. Der Tod seiner Mutter schien ihn um jeden Lebensmut gebracht zu haben.

Wer ein Interesse an Renate Laukats Tod haben könnte, wusste Hardy nicht, und es interessierte ihn auch nicht.

»Gabi Tammen vielleicht?«, fragte Fitzen provozierend.

»Falls sie einen guten Grund hat, hat sie's auch getan«, antwortete Bense. »Werde ich es noch erleben, dass Sie sie wegen dem Mord an meiner Mutter verhaften?«

Mit diesen Worten schlurfte er hinaus.

Später rief Oskar Laukat an und bat darum, dass ihn Benthien im Krankenhaus besuchte. Da John die Nase voll hatte von den verschiedenen Überprüfungen und den Schreibarbeiten, die sie alle nicht weiterbrachten, folgte er dem Aufruf nur zu gern. Ingwersen fuhr ihn zur Klinik im Rebbelstieg, wo Laukat bleich und eingefallen in einem Einzelzimmer lag. Er kam gleich zur Sache.

»Ich muss Ihnen was beichten«, sagte er kleinlaut. »Meine Frau hat doch am Tag, als Frau Bense starb, eine Uhr und einen Ring als gestohlen gemeldet. Also das muss … das will ich berichtigen. Ich … also ich habe den Schmuck aus dem Etui meiner Frau rausgenommen, kurz bevor wir gefahren sind. Sie hat es nicht bemerkt.«

»Warum haben Sie das getan?«

Laukat wand sich vor Verlegenheit. »Ich war kurzfristig ein wenig in Geldschwierigkeiten, gerade jetzt, vor unserem Urlaub. Da habe ich den Schmuck versetzt.«

»Aber Sie hatten doch zwanzigtausend Euro bei sich?«

»Davon konnte ich nichts abzweigen, die waren als Anzahlung für die Wohnung gedacht. Ich war ja auch nur vorübergehend in der Klemme, aber ich wollte meine Frau nicht beunruhigen, daher habe ich ihr nichts davon erzählt. Was ich eigentlich sagen möchte: Lassen Sie diese Überlegungen um den Diebstahl nicht in Ihre Ermittlungen mit einfließen, das führt Sie nur in die Irre. Hier«, er kramte sein Portemonnaie aus der Schublade, »hier ist der Pfandschein, sehen Sie!«

Achthundert Euro hatte er für den Schmuck bekommen.

Als Benthien über die Promenade am Meer und den Sandwall wieder zurück zur Polizeistation spazierte, konnte er sich des Gedankens nicht erwehren, dass die Lebensversicherung für Oskar Laukat gerade zur rechten Zeit kam. Vielleicht hatte er längst einen ruhigen, zufriedenen Lebensabend ohne seine labile und kränkliche Frau geplant? Das Problem war auch hier, wie in allen anderen Verdachtsmomenten, dass ein gerichtsverwertbarer Beweis fehlte und womöglich äußerst schwierig zu beschaffen sein würde. Da musste Benthien sich noch etwas einfallen lassen.

Blut und Fasern

Das Wetter war nach einer Reihe von schönen, ruhigen Spätsommertagen richtig ungemütlich geworden. Ein kalter Wind war aufgekommen, der die Wellen zu Schaumkämmen peitschte, die Schachspieler von der Promenade vertrieb und an den Blüten der letzten Sommerrosen zerrte. Ein Regen bunter Blätter stob Benthien immer wieder ins Gesicht. Trotzdem genoss er seinen kurzen Gang, den Blick aufs Meer, auf die Halligen. Auf der hölzernen Seebrücke standen einige wettererprobte Angler. Dass hier heute Morgen eine Frau gestorben war, war nur noch eine Notiz in der Zeitung.

Das Leben ging weiter, das war immer so.

»Alter, wir haben ein paar Neuigkeiten!« Fitzen schien in aufgeräumter Stimmung zu sein, und auch Lilly wirkte zuversichtlich. Doch gerade als Fitzen losschießen wollte, klingelte das Festnetztelefon. Der Mann am Empfang stellte ein Gespräch aus Hamburg durch, eine Frau Kluge, die unbedingt den »leitenden Ermittler« sprechen wollte.

Kurz darauf hatte Benthien einen aufgeregten Wortschwall im Ohr. Erst nach und nach begriff er, dass es nicht um Frau Benses Tod ging, sondern um den von Frau Laukat.

»Ich bin Renates Cousine, aber wir sind auch sehr gute Freundinnen. Als ich vorhin Renate anrufen wollte und erfuhr, dass sie tot ist, war ich … war ich außer mir, völlig geschockt. Ist das wirklich wahr? Was ist denn passiert? Oskar, ihr Mann, sagte mir, sie sei wahrscheinlich ermordet worden?«

Benthien überlegte. »Was hat Ihnen Herr Laukat denn erzählt?« Er musste herausfinden, was sie ohnehin schon wusste, denn einer unbekannten Frau am Telefon konnte er natürlich keinerlei Fakten mitteilen.

»Er sagte, sie könnte gewürgt worden sein, und dann hat man es so aussehen lassen, als sei sie ins Wasser gegangen. Vielleicht ist sie auch ertränkt worden. Mein Name ist übrigens Helga Kluge, Renate und ich sind zusammen aufgewachsen, Tür an Tür sozusagen.«

Nun bemerkte Benthien doch eine gewisse Erschütterung in ihrer Stimme. »Hatte Frau Laukat schon immer psychische Probleme?«, fragte er.

»Das ist ja meine Sorge. Dass sie Selbstmord begangen haben könnte«, sagte Frau Kluge, »es wäre ja nicht das erste Mal, dass sie es versucht. Sie hat sich schon mal selbst stranguliert, mit einer Telefonschnur, aber Oskar kam noch rechtzeitig hinzu. Renate war dem Lehrerberuf einfach nicht gewachsen, sie hätte schon viel früher aufhören sollen.« Nun fing sie an zu schluchzen, und Benthien hatte Mühe, einzuhaken.

»Wann war das?«

»Vor vier Jahren. Danach hat sie sich selbst freiwillig für drei Monate in eine psychiatrische Klinik einweisen lassen. Renate litt seit der Pubertät immer wieder unter Depressionsschüben, besonders nach dem Unfalltod ihrer Mutter. Aber sie hatte ihre Krankheit mit Hilfe von Tabletten ganz gut im Griff. Allerdings hat sie mir vor der Abreise gesagt, sie wolle sie jetzt absetzen, sie brauche die Antidepressiva nicht mehr. Das hat mir große Sorgen gemacht. Aber sie war so zuversichtlich und glücklich, weil sie bald ganz nach Föhr ziehen wollten. Das hat sie richtig beflügelt. Deshalb bin ich ganz fassungslos, dass sie jetzt tot ist. Sind Sie sicher, dass es Mord war? Oskar erzählte mir, dass es mit der Wohnung wohl nicht klappen würde. Und dass ihre Vermieterin ermordet wurde. Ich kann mir gut vorstellen, dass Renate diese Enttäuschung ganz und gar nicht verkraftet hat.«

Während Frau Kluge noch eine Weile weitersprach, fragte sich Benthien, warum er das alles nicht von Herrn Laukat erfahren hatte. Weil er unbedingt an der Mordtheorie festhalten wollte? Vielleicht gab es sogar einen Abschiedsbrief, und Oskar Laukat hatte ihn vernichtet, lange, bevor sie die Leiche gefunden hatten?

Frau Kluge verabschiedete sich mit der Ankündigung, so schnell wie möglich nach Föhr zu kommen.

»Interessant«, sagte Lilly, die ebenso wie Fitzen das auf laut gestellte Telefonat mitgehört hatte. »Es war also nicht der erste Selbstmordversuch von Frau Laukat. Das spricht doch dafür, dass sie es jetzt wieder getan hat, gerade weil sie wegen des erfolglosen Wohnungskaufs so am Boden zerstört war.«

»Vor morgen früh werden wir es nicht wissen«, meinte Benthien. »Aber was wolltet ihr mir vorhin erzählen?«

»Die Kollegen in Husum, die uns wegen Steffen Laukats Alibi Amtshilfe geleistet haben, haben sich gemeldet. Seine Kumpels sagten aus, dass sie sich mit Steffen gegen vier Uhr getroffen haben – also nicht gegen halb drei, wie er behauptet! Demnach könnte er sehr wohl am Vormittag auf der Insel gewesen sein!«

»Aber was hat er hier getan? Er kam doch nicht, um Frau Bense zu ermorden!«, wandte Benthien ein. »Und den Schmuck seiner Mutter hat er auch nicht geklaut, wie wir inzwischen wissen.«

»Vielleicht hat er die zwanzigtausend Euro gesucht«, überlegte Lilly. »Und weil er sie nicht gefunden hat, kam er am nächsten Tag wieder. Spielsüchtige sind unberechenbar, und wenn er bedroht wurde … Frau Bense muss er ja nicht umgebracht haben. Aber er will natürlich auch nicht zugeben, dass er am Tatort war.«

»Für mich bleibt er jedenfalls verdächtig«, beharrte Fitzen. Er blätterte in den Unterlagen, die sich vor ihm auf dem Tisch häuften. »Die KTU hat uns erste Ergebnisse geschickt«, fuhr er fort. »Die Untersuchung der Kleidung unserer Verdächtigen ist durch. Kannst du dich erinnern, John, dass Frau Bense am Tag ihres Todes eine ziemlich alte, zottelige grüne Strickjacke über ihrem Kittel trug? Fasern von dieser Jacke haben sich an Hardy Benses Kleidung von diesem Tag gefunden.«

»Das erstaunt mich jetzt nicht, schließlich lebten die beiden im selben Haus.«

»Und«, fuhr Fitzen fort, »ebenso am T-Shirt von Gabi Tammen. Hat sie die alte Dame umarmt? Doch wohl eher nicht! Aber das ist noch nicht alles. Es wurde auch Blut gefunden, und zwar bei Frau Tammen und Herrn Bense. Bei Hardy sind es winzige, mit bloßem Auge nicht sichtbare dünne Spritzer, bei ihr ist es eher eine kleine Schliere an den Jeans.«

»Und das Blut ist von Frau Bense?«

»Das wird noch untersucht, nachdem die Rechtsmedizin jetzt ihre DNA bestimmt hat.«

»Es hat keinen Sinn, Bense und Tammen jetzt schon zum Verhör zu laden, da warten wir besser das Resultat der Untersuchung ab«, überlegte Benthien. »Lass uns den Fall Bense doch nochmal zusammenfassen: Ein überzeugendes Alibi hat niemand, alle waren vor Ort, jeder hätte ein – wenn auch banales – Motiv außer Gabi Tammen, deren Motiv ist in meinen Augen das mit dem meisten Gewicht. Sie fühlt sich in ihrer Existenz bedroht.«

Wieder wurde er durch einen Anruf unterbrochen. Diesmal berichtete der Diensthabende, dass eine Frau Jaspersen aus Oldsum angerufen und um den Besuch der Polizei gebeten habe. Sie habe zum Fall Bense etwas auszusagen, könne aber nicht nach Wyk fahren, da sie auf den Tierarzt warten müsse. Benthien versprach, gleich zu kommen. Ohne Fitzens Protest zu beachten, bestimmte er, dass Lilly mitfahren sollte.

»Du, mein Lieber, bleibst hier und kümmerst dich um die Berichte. Wir sind wahrscheinlich bald zurück.«

»Worum geht es denn überhaupt?«

»Das hat sie nicht gesagt.«

Neue Erkenntnisse

Die Adresse in Oldsum erwies sich als ein Bauernhof mit Ziegen und Kühen, von denen eine gerade kalbte, was offenbar mit Schwierigkeiten verbunden war. Der Tierarzt war kurz vor ihnen eingetroffen, wodurch Frau Jaspersen, eine frische junge Frau mit Kopftuch, knallig rot geschminkten Lippen und einem fröhlichen Zwinkern in den Augen, Zeit für sie hatte.

»Ich habe natürlich von dem schrecklichen Tod von Frau Bense gehört«, sagte sie, während sie zu dritt im Eingang des Stalles standen, der bis auf die kalbende Kuh im hinteren Teil leer war. Die anderen Kühe waren auf der Weide. »Sowas ist auf der Insel natürlich schnell herum, und es wird viel geredet. Ich habe gehört, Sie gehen davon aus, dass Frau Bense am frühen Vormittag, kurz nach dem Frühstück, getötet wurde?«

Interessant, dachte Benthien, dass sie gleich darauf zu sprechen kam.

»Nun ja«, sagte er vorsichtig, »alles deutet darauf hin, dass sie nach dem Frühstück starb, aber wann genau das war, wissen wir nicht. Das kann gegen neun Uhr gewesen sein oder auch später. Wahrscheinlich wurde sie getötet, als sie gerade Kartoffeln und Würstchen briet, was einen gewissen Widerspruch ergibt.« Er blickte die junge Frau fragend an. »Haben Sie denn neue Hinweise für uns?«

»Ich denke, ich kann Ihnen weiterhelfen«, sagte Frau Jaspersen. »Ich kenne Gertrud seit langem, sie war eine gute Bekannte meiner Mutter. Wenn ich nach Wyk fahre, so zweimal in der Woche, rufe ich sie meist vorher an und frage, ob ich ihr von unserem Hof etwas mitbringen kann. Sie bezieht regelmäßig Eier von uns oder unseren hausgemachten Käse.«

»Sie waren an ihrem Todestag bei ihr?«, fragte Lilly erstaunt.

»Ja, und zwar kurz nach elf. Da war sie noch vergnügt und munter … obwohl, nein, vergnügt war sie nicht, sie war über Hardy ein wenig verärgert und hatte außerdem Magenprobleme.« Die junge Frau zog eine Zigarette hervor und zündete sie an. »Jedenfalls, als ich kam, wie gesagt, kurz nach elf, war sie gerade mit ihrem Frühstück fertig, Toastbrot mit Honig, die Sachen standen auch noch auf dem Tisch. Sie erzählte mir, ihr Magen sei ›sauer‹ gewesen, deswegen habe sie morgens nichts runterbekommen, aber jetzt ginge es wieder.« Sie streifte die Asche ins Gras. »Sie sehen also, Sie müssen vielleicht nochmal von vorne anfangen.«

»Haben Sie im Haus oder in der Nähe irgendjemanden gesehen?«

»Niemanden. Gertrud war allein im Haus.«

»Warum war Frau Bense ärgerlich auf ihren Sohn?«

Frau Jaspersen verzog den Mund zu einem fröhlichen Lächeln. »Das weiß ich nicht, sie hatte wohl gerade mit ihm telefoniert. Aber sie sagte zu mir sowas wie ›Sei froh, dass du keine Kinder hast, mit denen hat man nur Ärger‹. Gertrud hat sich öfter mal mit Hardy gestritten, weil sie so bestimmend war – und nicht nur mit ihm, glauben Sie mir. Sie war schon eine sehr eigensinnige alte Frau.«

Frustriert fuhren John und Lilly wieder nach Wyk zurück. Auf ihre Frage, wie sicher sich Frau Jaspersen denn sei mit der Uhrzeit, hatte sie erklärt, da sie um halb zwölf einen Friseurtermin hatte und pünktlich dort gewesen sei, wäre ein Irrtum nicht möglich.

»Wir müssen das alles noch einmal neu bewerten, auch Hardys Alibi«, sagte Lilly. »Er hätte genug Zeit gehabt, um in seiner Mittagspause nach Hause zu gehen und seine Mutter zu erschlagen. Und danach hat er auf der Bank an der Promenade seine Crêpes gegessen. Wir müssen jemanden finden, der ihn gesehen hat.«

»Die Laukats scheinen zumindest auszuscheiden, die waren gegen Mittag zum Essen im Gasthaus«, meinte Benthien. »Kein Alibi haben dagegen Raffael Quest und Gabi Tammen. Und dann war da auch noch dieser Jogger, den Nele gesehen hat. Der muss mit der ganzen Sache nichts zu tun haben, aber gemeldet hat er sich auch nicht bei uns, trotz einiger Aufrufe.«

»Vielleicht war es ein Gast, der gar nicht mehr auf der Insel ist«, sagte Lilly und hielt sich am Dachgriff fest, während Benthien reichlich kühn eine Kurve nahm und den Linienbus passierte. »Und dieser Quest scheint mir zu betont harmlos und freundlich, um ganz echt zu sein.«

»Kiffer sind meistens friedliche Leutchen«, wandte Benthien ein.

»Er könnte es aber auch faustdick hinter den Ohren haben. Wissen wir, wie wohlhabend Frau Bense war? Immerhin besaß sie zwei Häuser in bester Lage. Alte Leute trauen oft den Banken nicht, vielleicht hatte sie Geld im Haus versteckt, und Quest war auf der Suche danach. Dass er Essen klauen wollte, erscheint mir doch eher wie ein Witz.«

»Die Spurensicherung sollte das Geld eigentlich gefunden haben, wenn denn welches versteckt war. Und Hartmut müsste es wissen, aber der hat nichts davon erwähnt. Wir werden sein Alibi noch genauer überprüfen müssen. Weißt du was? Wir fahren jetzt in Benses Laden. Mal sehen, was die Angestellten so erzählen.«

Der Laden der Benses, der sich bereits seit Generationen im Besitz der Familie befand, lag in einer der schmalen, pittoresken Straßen von Wyk, in denen kleine, niedrige, mit Rosen geschmückte oder mit Efeu bewachsene Häuschen die Touristen in Scharen anzogen. Jetzt, wo der Wind über das Kopfsteinpflaster fegte und salzige Gischt in der Luft lag, waren die Straßen leer, die Gäste hatten sich in ihre Feriendomizile zurückgezogen.

Gerade hatte der Laden, der mittags für eine Stunde geschlossen wurde, wieder aufgemacht. Zwei ältere Verkäuferinnen begegneten Benthien und Lilly neugierig. Bense selbst war nicht im Laden. »Seit dem Tod seiner Mutter haben wir ihn nicht mehr gesehen«, sagte die Rothaarige mit dem Stecker im Nasenflügel.

»Er ist ein völlig anderer Mensch geworden«, ergänzte die kleine vollschlanke Verkäuferin.

»Können Sie uns den Ablauf des Vormittags beschreiben, an dem Frau Bense starb?«, fragte Lilly. »Herr Bense sagte, er war kurz nach neun im Laden, weil das Fenster neu dekoriert werden sollte.«

»Ja, das macht unser Herr Kallweit, aber Hardy ist immer gern dabei und sieht zu«.

»Und dann war er bis mittags ausnahmslos im Laden?«

»Ja«, sagte die Rothaarige, und »Nein!«, sagte die Kleine.

»Er war doch noch bei Frau Simeon, um die neuen Gardinen aufzuhängen«, setzte die blonde Verkäuferin hinzu. »Das macht an sich auch Herr Kallweit, aber an dem Tag musste er später aufs Festland. Deswegen ist Hardy eingesprungen. Und bei den Müllers hat er die Fenster ausgemessen.«

»Und dann haben Sie ihn vor der Mittagspause nicht mehr gesehen?«

»Doch, er kam vorher kurz rein, gegen Viertel nach zwölf. Der Laden ist immer zwischen 12 Uhr 30 und 13 Uhr 30 geschlossen. Ich fragte ihn noch, ob er jetzt zu seiner Mutter zum Essen gehen würde, aber er sagte, er wolle sich nur ein paar Crêpes kaufen, er hätte keinen Hunger.«

Und damit, dachte Benthien, hatte er durchaus die Gelegenheit gehabt, nach einem der Kundenbesuche zu Hause vorbeizufahren und seine Mutter zu töten.

»Sie kannten wahrscheinlich Frau Bense?«, fragte Lilly weiter.

»Natürlich«, sagte die Rothaarige. »Einmal im Jahr hat sie uns zu Kaffee und Kuchen eingeladen. Hardy war das nicht recht, ich glaube, er hat sich geniert. Aber Frau Bense dachte, das wäre höflich und müsste sein.«

»Aber richtig wohlgefühlt haben Sie sich nicht?«

Die Blonde kicherte. »Nicht so sehr, wissen Sie, das war alles so *förmlich.* Und ich glaube, Frau Bense wollte nur sichergehen, dass wir uns ihren Hardy nicht schnappen wollten. Davor hatte sie eine Heidenangst.«

Nächtlicher Schrecken

In den nächsten zwei Tagen fing Benthien allmählich an, daran zu zweifeln, ob sie ihre beiden Fälle jemals aufklären würden. Alles war möglich, doch nichts war zu beweisen, und scheinbare Fortschritte erwiesen sich in Wirklichkeit als Rückschritte. So hatte sich zum Beispiel endlich der Jogger gemeldet, den Nele am Strand gesehen hatte. Es war ein Apotheker aus Mölln, der seine Eltern für ein paar Tage anlässlich ihrer goldenen Hochzeit besucht und nicht den geringsten Bezug zu Gertrud Bense hatte. Aber zumindest seinen Geburtstag hatte Benthien jetzt hinter sich gebracht. Sein Vater war gekommen, sie hatten alle zusammen, Thyra mit eingeschlossen, gut zu Abend gegessen, und größere Überraschungen waren zu Benthiens Erleichterung ausgeblieben – bis jetzt, denn Fitzen hatte eine für einen späteren Zeitpunkt angekündigt. Ihn bedrückte es, dass Karin nicht gekommen war, sondern sich mit einem Anruf begnügt hatte. Aber dieses private Problem würde Benthien angehen müssen, wenn er wieder zu Hause war.

Die DNA-Anhaftungen unter Frau Benses Fingernägeln wiesen einen engen Verwandtschaftsgrad mit der DNA ihres Sohnes auf, was die Techniker verblüffte, bis einer auf die Idee kam, die DNA mit der von Frau Bense selbst abzugleichen und es sich herausstellte, dass sie sich selbst gekratzt haben musste und nicht etwa ihren Angreifer. Die Spuren an ihrem Hals waren kaum noch zu sehen. Das war der Punkt, an dem Benthien beinahe ausflippte.

Steffen Laukat war nicht nachzuweisen, dass er an Frau Benses Todestag auf der Insel war, auch nicht, nachdem Fitzen sämtliche Besatzungsmitglieder der drei Fährschiffe akribisch befragt und sämtliche funktionierenden Überwachungsbänder durchgesehen hatte (eines hatte allerdings am fraglichen Tag und auch am Vortag gestreikt). Hatte Raffael Quest sie belogen? Oder war er so im Tran gewesen, dass er die Tage verwechselt hatte?

Das war der Punkt, an dem Fitzen beinahe in die Luft gegangen wäre.

Das Schmierblut an Gabi Tammens Jeans war tatsächlich Frau Benses, ließ sich aber auch dadurch erklären, dass Gabi, als sie die alte Frau fand, sich neben und über sie gekniet hatte, um am Hals den Puls zu fühlen. So waren vermutlich auch die grünen Fasern an ihr T-Shirt geraten.

Die winzigen, unsichtbaren Blutspritzer an Hardys Strickjacke stammten von Hühnern. Er erzählte ihnen, dass er am Tag vorher einen Hof besucht hatte, wo gerade ein Huhn geschlachtet wurde, und er war in dem Augenblick dazugekommen, als der Kopf abgehackt wurde. Er war zwar noch etliche Meter entfernt gewesen, aber ein paar der dünnen, feinen Blutspritzer hatten sich eben doch in den Fasern seiner Jacke verankert, unsichtbar für das bloße Auge. Das war der Augenblick, in dem Lilly vor lauter Frust auf den Tisch schlug und sich ein Stapel loser Papiere auf dem Fußboden verteilte.

Ein weiteres Gespräch mit Hardy hatte ergeben, dass seine Mutter tatsächlich und zu seinem großen Missfallen überall im Haus ihre Geldverstecke hatte, aber nichts davon war gestohlen worden.

»Im Gefrierfach, in ihren Wintersocken, hinter Bildern, in einer ausrangierten Kaffeemaschine, unter dem Teppich, im Gardinensaum, in einer Packung Haferflocken. Eine Zeitlang trug sie eine Samtabdeckung über ihrem Haarknoten, bis ich entdeckt habe, dass sie auch dort ein Geldtäschchen eingenäht hatte. Ich habe es ihr strikt verboten, aber hat sie darauf gehört? Meine Mutter war stur wie ein Esel!«

Er brach in Tränen aus, und sie mussten ihn eine Weile in Ruhe lassen. Benthien schien es, als habe Hardy Bense seit dem Tod seiner Mutter zwanzig Kilo abgenommen. Er schlich durch die Gegend wie sein eigenes Gespenst. Immerhin war er wieder in sein Haus zurückgekehrt. Trotzdem wirkte er verloren in einer Welt, die ihm keine Orientierung mehr bot. Benthien fragte sich, ob Hartmut Bense je allein zurechtkommen würde. Hatte er nicht viel zu lange am Schürzenzipfel seiner Mutter gehangen?

Mit Gabi Tammen würde es wohl keine Versöhnung geben. Sie erzählte Lilly, dass Hardy ihr aus dem Weg ginge, und auch über das Haus könne sie mit ihm nicht sprechen. Er hielte daran fest, es so schnell wie möglich zu verkaufen.

Als sie wieder zusammen in ihrem provisorischen Büro in der Wyker Polizeistation saßen, geschah etwas, von dem Fitzen später behauptete, ab da wäre die Aufklärung endlich ins Rollen gekommen.

Eine aufgeregte Gabi Tammen rief an, um zu berichten, dass Nele in der Nacht einen Einbrecher im Haus gesehen hatte.

»Warum melden Sie das erst jetzt?«, fragte Lilly erstaunt.

»Ich wusste es nicht«, sagte Gabi aufgeregt. »Nele hat auffällig lang geschlafen, und als ich sie eben weckte, hat sie mir erzählt, dass sie in der Nacht unten im Haus Geräusche gehört habe. Sie dachte, ich wäre es oder unsere Feriengäste, aber auf der Treppe hat sie gemerkt, dass unten kein Licht brannte. Da hat sie sich hinter dem Geländer versteckt und die Silhouette eines Menschen gesehen.«

»Wir kommen sofort«, sagte Lilly.

Wenig später waren Benthien und Lilly zur Stelle. Ingwersen hatte sie bei Tammen abgesetzt, bevor er weitergefahren war, um einen häuslichen Streit zu schlichten. »Es scheint nichts gestohlen worden zu sein«, sagte Gabi Tammen ratlos. »Und es gibt auch keine Spuren eines Einbruchs.«

»Aber da war jemand!« beharrte Nele. »Er lief hier durchs Zimmer und ist dann über den Flur verschwunden, vorne, durch die Eingangstür. Ich habe solche Angst gehabt, dass er mich entdeckt.«

»Du sagst ›er‹? Bist du sicher, dass es ein Mann war?«

Nele nickte. Sie beschrieb ihn als dunkel gekleidet und mit einer Wollmütze auf dem Kopf. Sein Gesicht habe sie nicht gesehen.

»Hatte er etwas in der Hand?«, fragte Lilly, was Nele verneinte. Auf die Frage, warum sie nicht gleich Alarm geschlagen hatte, antwortete sie, sie habe sich in ihrem Zimmer eingeschlossen, im Bett versteckt und lange gelauscht, ob noch etwas zu hören war. Dabei musste sie eingeschlafen sein.

Sie gingen mit Gabi durchs ganze Haus, doch alles war noch an seinem Platz, sogar der Laptop und ihr Smartphone, das sie im Wohnzimmer vergessen hatte. Eine teure Uhr, ein Hochzeitsgeschenk ihres Mannes, die sie in der Küche abgelegt hatte, war ebenfalls noch da. Die Garderobe hing voller Mäntel und Regenkleidung. Konnte Nele sich nicht einfach getäuscht haben, fragte sich Benthien, und einen Umhang für einen Menschen gehalten haben?

Auch ihre Mutter schien ähnlich zu denken. »Nele, Schatz, du hast gestern Abend einen unheimlichen alten Krimi gesehen – hinter meinem Rücken«, fügte sie für die beiden Beamten hinzu. »Glaubst du nicht, du hast einfach nur Albträume gehabt?«

Nele sah ihre Mutter empört an. »Ich bin doch nicht blöd! Ich kann doch die Wirklichkeit von einem Traum unterscheiden!« Dann rannte sie die Treppe hinauf, und sie hörten eine Zimmertür ins Schloss fallen.

Gabi Tammen schüttelte den Kopf. Ihr Blick fiel auf die Uhr, die der angebliche Einbrecher verschmäht hatte. »Die werde ich als Erstes verkaufen, wenn wir hier rausmüssen«, sagte sie wehmütig. »Ich bin gerade dabei, mir einen Job auf dem Festland zu suchen. Vielleicht habe ich Glück und finde eine Arbeit, die nicht nur saisonal ist.«

»Dann ist es Herrn Bense wirklich ernst mit dem Verkauf?«, fragte Benthien.

»Er hat sich zwar ein bisschen beruhigt, mittlerweile können wir immerhin wie erwachsene Menschen miteinander reden, ohne dass er ausrastet. Aber an einem Verkauf hält er fest. Der Tod seiner Mutter hat ihn völlig aus der Bahn geworfen. Er kommt mir vor wie ein Roboter.«

Obwohl es nicht nach Einbruch aussah, glaubte Benthien nicht, dass Gabis Tochter die Geschichte nur erfunden hatte, und bestellte vorsichtshalber die Spurensicherung ins Haus, die gegen Mittag anreisen wollte. Benthien und Lilly selbst konnten hier nichts mehr tun.

Als sie am Bense-Haus klingelten, machte niemand auf. Soweit Benthien wusste, war Laukat endgültig aus der Wohnung ausgezogen und wohnte, zusammen mit seinem Sohn, weiter im Hotel. Dort warteten sie auf die Freigabe der Leiche von Frau Laukat. Ihr Mann wollte ihr den letzten Wunsch erfüllen und sie auf Föhr beisetzen lassen.

Die Obduktion hatte ergeben, dass Renate Laukat mit großer Wahrscheinlichkeit Suizid begangen hatte. An der Strangulierung war sie jedenfalls nicht gestorben, die war nur sehr halbherzig ausgeführt worden. Und das

Hanfseil hatte man im Keller der Benses gefunden, zusammen mit Fingerabdrücken von Frau Bense auf dem staubigen Regal.

Ihr Mann glaubte allerdings immer noch an Mord. Er machte geltend, dass seine Frau öfter im Keller war, da dort auch die Waschmaschine stand, die sie benutzen konnten. Somit war es nicht ungewöhnlich, dort ihre Fingerabdrücke zu finden.

Nachdem sie vergeblich bei Hartmut Bense geklingelt hatten, versuchten sie es bei den Nachbarhäusern, die allerdings ein Stück wegstanden, versteckt hinter Friesenwällen und immergrünen Büschen. Hier war in der Nacht niemandem etwas aufgefallen. Eine der Bewohnerinnen drückte es so aus: »Nele hat eine lebhafte Fantasie. Sind Sie sicher, dass sie die Geschichte nicht einfach erfunden hat?«

Benthien kam nun doch ins Grübeln, als sie am Strand zur Polizeistation zurückgingen.

Lilly dachte offenbar über etwas anderes nach.

»Ich denke, wenn Frau Tammen noch ein paar Wochen wartet, wird Hardy Bense sich wieder gefangen haben und vielleicht noch einmal über den Verkauf seiner Häuser nachdenken«, sagte sie, während sie eine blauschimmernde Muschel aufhob. »Ich meine, wo will er denn hin? Will er seinen Laden aufgeben? Was hat er vor? Sein komplettes Leben ändern? Er hat seine Entscheidung im ersten Schockzustand getroffen, er wird sie womöglich revidieren, wenn erst ein wenig Zeit vergangen ist.«

»Kann sein. Aber dass Frau Tammen beunruhigt ist, kann ich gut verstehen.«

»Was hältst du von dem angeblichen Einbruch?«, fragte Lilly und beobachtete eine Möwe, die sie vom Dach eines Strandkorbes neugierig beäugte. Sehr bald würden die Körbe, Zeichen des Sommers, von den Stränden verschwinden. Dann stand ein langer Winter vor der Tür.

»Rätselhaft, wie alles in diesem Fall. An sich müsste ein Zusammenhang bestehen, wäre seltsam, wenn nicht. Aber ich habe absolut keine Erklärung dafür. Es sei denn, es war doch der Herr Meisner, der aus irgendeinem Grund verschweigt, dass er gegen Morgen aus dem Haus gegangen ist. Nele meinte ja, am Himmel wären die ersten Anzeichen der Morgendämmerung zu sehen gewesen.«

Die Meisners waren das junge Ehepaar, das seit zwei Wochen im Haus wohnte, jetzt aber abreisen wollte. Benthien hatte sie eben noch kurz zu dem Einbruch befragt, bevor sie das Haus verließen, doch die Meisners gaben an, geschlafen und im oberen Stockwerk nichts mitbekommen zu haben. Es war auch keine Rede davon gewesen, dass einer von ihnen oder beide das Haus noch im Dunkeln verlassen hätten.

»Aber es könnte auch nicht schaden, sie zu überprüfen. Für alle Fälle.«

Sein Telefon klingelte. Ein Blick aufs Display ließ ihn leise seufzen.

»Tommy, mein Freund! Langweilst du dich etwa?«

»Das auch, aber ich habe Neuigkeiten! Eine von Hardys Angestellten war gerade hier und hat ihn als vermisst gemeldet. Sie sagt, sie erreichen ihn seit Tagen nicht, weder am Telefon noch zu Hause. Auch sein Freund Enno in Nieblum weiß nicht, wo er steckt. Könnt ihr in seinem Haus nachsehen? Nicht dass Hardy das nächste Mordopfer ist!«

»Das hat uns gerade noch gefehlt!«, seufzte Benthien, nachdem er Lilly erzählt hatte, worum es ging. Selbstverständlich machten sie sofort kehrt, um in Benses

Haus nach dem Rechten zu sehen. Doch wen sie vorfanden, war nur Fitzen, der offenbar wie ein Blöder mit dem Wagen zum Haus gerast war. Nun wanderte er um das Gebäude herum und spähte in jedes Fenster.

»Scheint nicht da zu sein«, sagte er enttäuscht, »und sein Auto ist auch weg. Ob er getürmt ist? Vielleicht wurde ihm ja alles zu viel, aber natürlich kann er nicht so einfach abhauen, ohne uns Bescheid zu sagen. Sollen wir ihn in die Fahndung geben? Fahndung zur Aufenthaltsermittlung?«

»Zuerst müssen wir im Haus nachsehen. Lilly, haben wir den Schlüssel noch?«

Lilly hatte ihn dabei, aber im Haus fand sich Bense nicht, und verdächtige Spuren oder Anhaltspunkte waren auch nicht auszumachen.

»Versuchen wir es mit einer Handyortung«, sagte Benthien schließlich. »Für die Fahndung muss Thyra sorgen. Ich werde sie anrufen.«

Thyra Kortum war noch immer in der Reha am Wyker Strand, gar nicht weit von ihnen entfernt, allerdings hatte sie demnächst eine Anwendung. Sie hatten sich regelmäßig mit ihr zum Essen getroffen, daher war sie beständig auf dem neuesten Stand und hatte sogar, aus reiner Langeweile, bei manchen Verhören zugehört, sodass sie alle Verdächtigen und Zeugen kannte und zum ersten Mal rundum zufrieden mit dem Informationsfluss ihrer Ermittler war. Sie versprach, sich umgehend um Fahndung und Handyortung zu kümmern.

Sie fuhren zurück zur Polizeistation. Fitzen begab sich zum Hafenamt und bat um die Freigabe der Überwachungsbänder der Fähren, die Föhr im Zeitraum von zwei Tagen bis heute verlassen hatten. Das war aus Zeitgründen ziemlich aufwändig und würde dauern, vor dem Abend würden sie sie nicht durchsehen können.

Dafür funktionierte die Handyortung überraschend schnell, blieb aber leider ohne Ergebnis: Benses Handy war ausgeschaltet.

»Ob Hardy getürmt ist, weil er eben doch der Täter war?«, überlegte Fitzen. »Aber dann müsste die KTU doch Blut von Frau Bense an seiner Kleidung gefunden haben, und das war nicht der Fall.«

»Durch die große Fläche des Pfannenbodens war die Verletzung der Kopfhaut nur sehr gering«, antwortete Benthien, »und die Pfanne befand sich zwischen der Verletzung und dem Täter, sie könnte wie ein Schild die Blutstropfen abgehalten haben. Richtig geblutet hat die arme Frau erst, als sie schon am Boden lag.«

»Ich halte Bense nicht für den Täter«, sagte Lilly. »Für mich waren seine Trauer, sein Entsetzen absolut authentisch. Wie kann das sein, wenn er selbst sie umgebracht hat? Ich befürchte nur, er könnte ein weiteres Opfer sein.«

»Es ist möglich, dass er seine Tat zutiefst bedauert und wünschte, er könnte sie rückgängig machen.«

»Ich habe mal, als ich in der Küche Krach mit Katharina hatte, vor lauter Wut meinen Lieblingsbecher auf den Boden geschmissen, danach hätte ich mich in den Hintern beißen können«, war Fitzens Beitrag zur Diskussion.

»Ja, vielleicht geht's Hartmut Bense jetzt genauso«, sagte Lilly mit einem nur leichten Anflug von Ironie.

Am Baggersee

Am Rand des Sees standen drei Streifenwagen, ein Zivilwagen aus Niebüll, zwei Rettungswagen und ein Fahrzeug der Feuerwehr. Die Polizeitaucher waren gerade eingetroffen. Zahllose Gaffer, bewaffnet mit ihren Handys, tummelten sich am Ufer und an der Kliffkante, die sich im Süden über den See erhob.

Die Taucher machten einen ersten Erkundungsgang und meldeten, dass die Leiche männlich sei, bekleidet und mit Handschellen an einen alten Baumstamm gefesselt. Bevor der Tote aus den Tiefen des Baggersees geborgen werden konnte, mussten allerdings erst einmal die Gaffer und Badegäste entfernt werden – wobei es zu einer Rangelei mit der uniformierten Polizei kam – und die Absperrung aller Zugänge zum See erfolgen. Da man in der Gesäßtasche der Leiche einen Ausweis gefunden hatte, konnte der Tote schnell als Hartmut Bense aus Wyk auf Föhr identifiziert werden, der seit drei Tagen verschwunden war.

Benthien wurde benachrichtigt und kam so schnell wie möglich an den See. Bis dahin musste die Leiche noch vor Ort bleiben. Als er mit den Kollegen Fitzen und Lilly und der Oberstaatsanwältin im Schlepptau eintraf, konnte er sich immerhin noch ein Bild von der Situation machen, auch wenn die Leiche bereits geborgen war. Man hatte sie an den flachen Sandstrand gelegt und mit einem Zelt und Absperrtüchern vor Blicken geschützt.

Benthien betrachtete Hardy Bense nachdenklich. Vor drei Tagen war er von der Insel verschwunden, sie hatten auf dem Überwachungsmaterial, das Fitzen angefordert hatte, selbst gesehen, wie er mit seinem Auto auf die Fähre gefahren war. Inzwischen wussten sie, dass er in einer Pension in Niebüll abgestiegen war, aber ab da schien Bense endgültig verschollen zu sein. Ausgecheckt hatte er allerdings nicht. Gleich am nächsten Tag musste er im See ertränkt worden sein, denn einen Suizid schlossen aufgrund der Umstände sowohl Oberkommissar Ralf Dryfurth von der Niebüller Polizei als auch der Arzt aus. Später am Tag würde die Leiche in die Rechtsmedizin nach Kiel überführt und in Dr. Radtkes Obhut übergeben werden.

»Den armen Kerl hat man mit ganz gewöhnlichen Handschellen mit der linken Hand an den Ast eines alten Baumstamms gefesselt«, sagte der korpulente Dryfurth, den Benthien schon von früheren Fällen kannte, und rieb sich mit einem Taschentuch den Schweiß von der Stirn. »Am Hinterkopf hat er eine leichte Beule, wahrscheinlich von einem Schlag. Der Doc nimmt aber an, dass er dort drüben von der Steilkante gestoßen wurde, wodurch er acht Meter ins Wasser stürzte, dort, wo der Steinquader aus dem Wasser ragt.« Er deutete mit dem Finger auf den Hang, der ziemlich porös zu sein schien und hauptsächlich aus Sand und Kies bestand. Die Abbruchkante sah gefährlich aus, deshalb waren vor Monaten schon ein Absperrband und ein Warnhinweisschild errichtet worden. Zugang zum Wasser hatte man nur an einer flachen Stelle, wo man auch einen kleinen Sandstrand angelegt hatte. Das restliche Ufer war nur schwer zugänglich.

Die Leiche hatte man an ebendiesen Sandstrand gebracht. Sie war mit Schuhen, Strümpfen, Cordhose, einem Pullover und einer Windjacke bekleidet, wobei die – allerdings geringe – Strömung im See Bense die Jacke halb ausgezogen hatte. Der Körper war aufgedunsen, dennoch war Hardy Bense noch gut zu erkennen und damit zu identifizieren. In der Jacke fanden sich nicht nur Benses Ausweis, sondern auch seine Brieftasche und ein Portemonnaie mit rund zweihundert Euro. Aus Benses rechter Hand, die zur Faust geballt war, ragte die Ecke eines Stofffetzens.

Benthien winkte einen der Kriminaltechniker herbei und bat ihn, den Stofffetzen zu bergen. Der Mann tat es, und kurz darauf drehte Benthien ein Stück beschichteten Stoff in der Hand, auf der einen Seite blau, auf der anderen grün. Er war sicher, dass er von einer Regenjacke stammte. Und ebenso, dass er diese Jacke schon einmal gesehen hatte, blau, mit grünem Innenfutter. Damals hatte sie an einer Garderobe gehangen. Benthien schüttelte den Kopf. Solche Regenjacken gab es viele.

»Dieser Fall Bense wird von Tag zu Tag mysteriöser«, sagte Fitzen und sprach damit allen aus dem Herzen.

Benthien antwortete nicht, sondern wanderte an den Rand des Ufers und blickte nachdenklich über den See. Lilly und Fitzen wechselten einen fragenden Blick, als der Chef die Taucher bat, noch einmal mit einer Kamera hinunterzugehen und den Seegrund sowie den Auffindeort der Leiche zu filmen.

Zwei Taucher stiegen ins Wasser, bewaffnet mit Kamera, Harken und Messern, denn die Grünpflanzen sollten der besseren Sicht wegen gerodet werden. Ein kleines Boot mit zwei Mann Besatzung stand bereit, das Grünzeug einzusammeln. Konnte ja sein, so hoffte Benthien, dass der Mörder dort Spuren hinterlassen oder etwas verloren hatte. Offenbar hatte es einen Kampf gegeben, denn dafür sprach der Stofffetzen in Benses Faust.

Thyra schüttelte den Kopf. »Das ist so abartig! Wer macht so etwas? Und wie? Bense war ja kein Fliegengewicht. Der Täter muss ihn an den See gelockt haben, ohne dass er etwas ahnte. Denn er ist ja offensichtlich freiwillig hergekommen. Aber was geschah dann? Hat man ihn in den See gestoßen? Konnte der Mann nicht schwimmen? Wissen wir das, John?«

Benthien schüttelte nur den Kopf. Ihm war diese Tat, ebenso wie allen anderen, ein Rätsel, und er hatte nicht die geringste Vorstellung, wer dafür verantwortlich war.

Kommissar Dryfurth, der die Frage der Staatsanwältin gehört hatte, näherte sich und sagte: »Er scheint geschlagen und vom Steilhang da oben ins Wasser gestoßen worden zu sein …«

»Und dann?«, fragte Thyra.

»Der Mörder ist vermutlich hinterhergesprungen, vielleicht ein versierter Taucher oder Schwimmer, hat ihn überrumpelt und blitzschnell an den Ast gefesselt. Dann ist er seelenruhig aus dem Wasser gestiegen und nach Hause gefahren. Vielleicht hat er gehofft, dass man den Mann so schnell nicht findet, deshalb die Handschellen. Und hätte das schöne warme Wetter die Badegäste nicht noch einmal an die Seen gezogen, wäre er wohl so bald auch nicht gefunden worden.«

»Überwachungskameras gibt es hier wohl keine?«, fragte Thyra hoffnungsvoll.

»Genauso wenig, wie es hier Badekabinen oder Personal gibt«, gab ihr einer der Niebüller Streifenbeamten Auskunft, »dies ist ein renaturierter See, Baden ist an den meisten Stellen verboten, die Leute tun's allerdings trotzdem. Aber sonst wird hier nur geangelt. Wir haben Hechte im See, Welse, Saiblinge, ich habe sogar mal eine Forelle hier gesehen. Spricht für die Wasserqualität.« Ein gewisser Heimatstolz klang aus seinen Worten heraus.

Einer der Taucher, der gerade aus dem Wasser kam, hörte es und meinte im Vorbeigehen: »Komisch, dafür gibt's aber viele verendete Fische da unten.«

»Vielleicht war Bense ja auch schon tot, als man ihn ins Wasser verbrachte«, überlegte Thyra, ohne weiter auf das Thema einzugehen.

»Das wird sich alles bei der Obduktion zeigen«, sagte Lilly.

Benthien sah sich inzwischen die Unterwasserbilder an. Ein sauberer Tatort, bis auf die toten Fische, die zwischen den Wasserpflanzen lagen, aber auch nach einer Stunde hatten die Taucher nichts gefunden, was auf den Täter hindeuten könnte. Benthien wies sie an, weiterzusuchen.

»Hat man eigentlich seinen Wagen gefunden?«, fragte Fitzen, nachdem er das Ufer der Steilküste gründlich abgesucht hatte.

»Drüben auf der Wiese«, sagte Dryfurth.

Alle außer Thyra gingen zu Benses Auto, das auf einer wilden Wiese stand. Zum Glück waren keine parkenden Autos in nächster Nähe. Die Spurensicherung war hier bereits in Aktion.

»Sein Handy, falls ihr es schon gesucht habt, liegt im Handschuhfach«, begrüßte Claudia Matthis ihre Kollegen. »Es ist ausgeschaltet, aber die PIN hat er praktischerweise aufgeschrieben, die liegt mit in der Hülle.«

Offenbar hatte Bense zwei Handys gehabt, denn sein Smartphone hatten sie verlassen in seinem Haus aufgespürt. Dies hier war ein Handy, mit dem man nur telefonieren und SMS verschicken konnte, ein Prepaidhandy, und es lief auf den Namen von Gertrud Bense. Ihr Name, ihre Adresse, die Telefonnummer und die PIN waren sorgsam in einer krakeligen Altfrauen-Handschrift auf einem Zettel notiert worden, der in der Handyhülle steckte.

Benthien fragte sich, ob Bense gewusst hatte, dass sie nach ihm suchen würden. Hatte er die Insel verlassen, um seinem Mörder zu entgehen? Aber warum hatte er nicht mit ihnen gesprochen?

Fitzen griff sich das Telefon und schaltete es ein. Bense hatte wenig telefoniert in den letzten Tagen, aber zweimal, auch am Tag seines Todes, mit derselben Nummer. Einmal hatte er sie angerufen, einmal war er angerufen worden. Als Fitzen die Nummer wählte, meldete sich zu ihrer aller Erstaunen Gabi Tammen.

Benthien nahm Fitzen das Mobiltelefon aus der Hand. Er erklärte Gabi ohne Umschweife, dass sie Hardy Bense ertrunken im Baggersee gefunden hatten.

Die Reaktion war schockiertes Schweigen. Benthien hätte sie gern geschont, aber er musste unbedingt erfahren, was sie miteinander gesprochen hatten. So erzählte er ihr noch ein wenig von den Umständen, unter denen er entdeckt worden war, doch alles eher belanglose Dinge, damit sie sich fassen konnte. Dann fragte er nach den Telefonaten.

»Ich habe Hardy ein paarmal vergeblich angerufen, nachdem er von der Insel verschwunden war, aber das Handy war aus«, berichtete sie mit belegter Stimme. »Dann auf einmal hat er sich gemeldet, mit einem anderen Handy. Er erzählte mir, dass er auf dem Festland etwas zu erledigen hätte. Ich bat ihn dringend um ein Gespräch wegen des Hauses, aber er sagte, da gäbe es nichts mehr zu besprechen. Schließlich ließ er sich darauf ein, mich in Husum zu treffen. Ich wollte dorthin, weil ich ein Vorstellungsgespräch hatte, die suchten eine Geschäftsführerin in einer Wäscherei. Ich brauche ja dringend einen Job. Hardy meinte, das träfe sich gut, er wüsste auf Nordstrand ein Haus, das günstig zu verpachten wäre und auch an Feriengäste vermietet werden dürfte. Ob das nichts für mich wäre. Ich war ganz gerührt, dass er sich für mich umgesehen hatte – überhaupt war Hardy ganz anders am Telefon als in den letzten Wochen, viel umgänglicher. Ich habe mich wahnsinnig gefreut …«

»Sie hätten mir sagen müssen, dass Sie aufs Festland fahren«, sagte Benthien scharf.

»Das ging alles so schnell, und ich musste Nele unterbringen …«, stotterte Gabi Tammen, immer noch ganz aufgelöst. »Außerdem wurde ja aus alldem nichts … Das Haus auf Nordstrand konnte ich nicht finden, und als ich Hardy dann nochmal anrief, antwortete er nicht mehr, auch nicht die Mailbox …«

Sie fing an zu weinen.

«Und das Vorstellungsgespräch?«

»Das fand am Dienstagmorgen statt. Sie sagten, sie werden sich melden.«

»Als Hardy Sie am Dienstag zuletzt anrief, was wollte er da?«

»Da hat er mir die Route zu dem Haus beschrieben, das günstig zu haben war«, sagte Gabi. »Aber ich konnte es nicht finden. Ich hätte beinahe die letzte Fähre auf die Insel verpasst. Dann hatte ich gehofft, dass ich Hardy zu Hause treffen würde … Ist er wirklich tot? Ich kann es nicht fassen! War es denn ein Unfall?«

Benthien versuchte, sie zu beruhigen, und versicherte ihr, dass er sie aufsuchen würde, sobald er zurück wäre. Damit beendete er das Gespräch.

Verdacht

»Wir sollten uns schleunigst Hardys Zimmer in der Pension ansehen«, sagte Fitzen, der ebenso wie Lilly das Gespräch mit angehört hatte, »vielleicht finden wir etwas in seinen Unterlagen, was die ganze Sache aufklärt. Schließlich haben wir ihn ja eine Zeitlang für den Mörder seiner Mutter gehalten.«

»Sein Haus muss auch noch einmal gründlich durchsucht werden«, ergänzte Lilly. »Und wir haben immer noch niemanden gefunden, der ihn in seiner Mittagspause auf der Bank seine Crêpes hat essen sehen.«

»Holm Ingwersen und seine Leute sind immer noch dabei, in den Läden, Lokalen und Geschäften nachzufragen«, sagte Fitzen. »In der Crêperie kennt man Hardy, aber ob er am Mordtag dort eingekauft hat, weiß niemand genau zu sagen.«

»Vielleicht hat er ja seine Mutter umgebracht, aber *ihn* hat jemand anderer getötet?« Benthien ließ seine Aussage wie eine Frage klingen.

»Gabi Tammen war immerhin an seinem vermutlich letzten Tag auf dem Festland, gar nicht weit weg«, bestätigte Lilly.

»Aber was nützt es ihr, ihn umzubringen? Noch dazu auf eine Weise, die auf sie selbst hindeutet?«

»Wie meinst du das?«, fragte Thyra, die hinzugekommen war und die letzten Gesprächsfetzen mitbekommen hatte.

»Gabi hat uns doch erzählt, dass sie mit ihrem Mann eine Tauchbasis auf Madeira hatte«, sagte Fitzen. »Wenn sich einer mit Tauchen auskennt, dann doch wohl sie!«

Claudia Matthis trat hinzu und überreichte Benthien einen Schlüssel. »Lag im Handschuhfach. Der Schlüssel gehört zu einem Zimmer in einer Pension in Niebüll.«

»Dann nichts wie hin!«

Sie setzten sich ins Auto und fuhren nach Niebüll, der quirligen kleinen Stadt in der Marsch, wo die Autos auf den Sylt-Shuttle geladen wurden, der in der Saison 52 Mal pro Tag auf die Insel und zurück fuhr. Benthien, der ein altes, ererbtes Kapitänshaus auf einer Lister Düne besaß, fragte sich etwas wehmütig, wann er wohl mal wieder auf die Insel kommen würde. Derzeit schaltete und waltete sein Vater dort, der gerade voller Ideen für Neuerungen steckte, was durchaus unangenehme Überraschungen mit sich bringen konnte wie den Vorschlag, eine farbige Tapete fürs Wohnzimmer anzuschaffen, vielleicht in Rot. Er sollte dort dringend mal nach dem Rechten sehen.

Fitzen, der den Wagen ohne Rücksicht auf Schlaglöcher über die Straße jagte, rüttelte Benthien aus seinen Gedanken. Gerade als Thyra sich beklagte, dass alle ihre Zähne im Mund wackelten, hielt Fitzen vor der Pension. Sie sprachen kurz mit der Wirtin. Die bestätigte, dass Hardy Bense am Montagabend bei ihr eingecheckt hatte. Soweit sie wusste, hatte er den ganzen Abend in seinem Zimmer verbracht. Am Dienstagmorgen war ihr aufgefallen, wie nervös er war. Er hatte gefrühstückt, mit dem Handy telefoniert und dann das Haus verlassen. Wo er hinwollte, wusste sie nicht.

»Danach habe ich ihn nicht wiedergesehen«, sagte sie und rang die Hände. »Über Nacht war er jedenfalls nicht da.«

»Scheint so, als wäre Dienstag tatsächlich Benses Todestag gewesen«, meinte Lilly.

Sie gingen zu Benses Zimmer.

Benthien sah auf den ersten Blick, dass sich in diesem Raum kaum persönliche Dinge befanden. Etwas Wäsche zum Wechseln lag in einer Reisetasche, zwei aktuelle Romane, einer angelesen, der zweite noch völlig jungfräulich, eine Packung mit Keksen. Die Schränke waren allesamt leer. Lilly, die unters Kopfkissen sah, zog einen Laptop hervor.

»Den nehmen wir mit«, sagte Fitzen, »wenn wir uns beeilen, kriegen wir die nächste Fähre noch. Ich würde sehr gern heute Abend Hardys Haus durchsuchen.«

Dem konnte Benthien nur zustimmen.

Im Haus der Benses fanden Benthien und die Kollegen auf den ersten Blick jedoch nichts, was sie weitergebracht hätte. Die Papierkörbe waren alle leer. Fitzen durchsuchte akribisch Benses Kleidung und Kleidertaschen, Benthien und Lilly nahmen die Papiere in Augenschein, die Bense in Aktenordnern abgelegt hatte: Unterlagen über das Haus, das Ladengeschäft, Steuer- und Bankunterlagen. Briefe hatte er nicht aufbewahrt (oder keine bekommen und keine geschrieben). Er schien kaum Kontakte außerhalb der Insel Föhr zu haben, außer zu einem Onkel, der in den USA, in Oregon, lebte. Bei ihm hatte Hardy früher als Austauschschüler gewohnt. Er war Gertrud Benses Bruder, der in den siebziger Jahren ausgewandert war. Der Onkel hatte einen liebevollen Brief zum Tode seiner Schwester geschickt und Hardy herzlich eingeladen, zu ihm nach Amerika zu kommen, zumindest »bis er die ganze Geschichte überwunden habe«, wie er schrieb.

Lilly entdeckte eine schon etwas ältere Rechnung eines Therapeuten in Husum. Vor fünf Jahren hatte Hartmut Bense die Therapie in Anspruch genommen und dann offensichtlich abgebrochen. Damals war Gabi Tammen noch auf Madeira gewesen. Hatte er den Therapeuten wegen der Probleme mit seiner Mutter aufgesucht?

Als sie den Ordner einpackte, fiel ihr Blick auf einen Block, der auf Benses Schreibtisch lag. Auf den ersten Blick bloß sinnloses Gekritzel, aber man konnte ja nie wissen. Sie steckte ihn ein.

In einer Schuhschachtel lagen etliche lose Fotos, die meisten schienen von Hardys USA-Aufenthalt zu stammen. Aber auch von einer viel jüngeren Gabi Tammen gab es viele Bilder und Schnappschüsse. Sie durchforsteten die Bilder nur flüchtig an Ort und Stelle, denn Benthien wollte alles mit in die Polizeistation nehmen. Als sie gerade zu Gabi Tammen aufbrechen wollten, trafen Oskar und Steffen Laukat ein. Offenbar besaßen sie noch immer Schlüssel zum Haus. Vater Laukat erklärte, sie wollten noch ein paar liegen gebliebene Sachen abholen.

Lilly teilte ihnen in knappen Worten mit, was passiert war. Der Sohn schien ziemlich wenig beeindruckt zu sein, doch seinen Vater riss die Nachricht von den Füßen. Er ließ sich schwer auf einen Stuhl fallen.

»War es ein … ein Selbstmord?«, stotterte er, was Benthien reichlich absurd fand. Er fragte sich, ob Laukat, der noch immer hartnäckig an der These hing, dass seine Frau ermordet worden war, glaubte, dass es da irgendwelche Parallelen gäbe. Oder hatten Laukat und Sohn etwas mit Benses Verschwinden und Tod zu tun? Glaubte Oskar Laukat etwa, Bense habe seine Frau in den Tod getrieben, weil er ihnen die Ferienwohnung nicht verkaufen wollte? Hatte er ihn aus Rache getötet? Laukat schien sehr unter dem Tod seiner Frau zu leiden, er war in den letzten Tagen kaum ansprechbar gewesen, sondern hatte, wann immer Benthien ihn aufsuchte, stumm und tatenlos in seinem Hotelzimmer am Fenster gesessen und zugesehen, wie ein früher Herbststurm die Wellen ans Ufer peitschte.

Inzwischen war die Leiche von Frau Laukat freigegeben worden, doch ihr Mann mochte sich, wie es schien, von der Insel nicht trennen. Zumal auch noch die Beerdigung anstand. In diesem Fall war es Benthien ganz recht. Er wollte Vater und Sohn Laukat gern noch länger in der Nähe wissen. Helga Kluge, die Cousine, war gekommen und hatte vergeblich versucht, Oskar Laukat ein wenig aufzumuntern. Nach einem persönlichen Gespräch mit ihr war Benthien endgültig überzeugt gewesen, dass Renate Selbstmord begangen hatte, und auch die Untersuchungen der Rechtsmedizin führten zu keinem anderen Ergebnis. Laukat jedoch war nicht zu überzeugen.

Fitzen schien ähnliche Gedanken hegen. »Wo waren Sie beide am letzten Dienstag?«, fragte er Oskar Laukat.

Steffen stieß ein völlig unangebrachtes spöttisches Lachen hervor. »Sie verdächtigen wahrhaftig uns?«

»Wir, oder vielmehr ich, waren im Hotel, wo sonst«, sagte Steffens Vater ruhig. »Ich habe das Meer beobachtet.« So wie er das sagte, klang es, als wäre es eine Tagesaufgabe gewesen. Tränen traten in seine Augen. »Renate hat diesen Ausblick so geliebt.«

»Und Sie?«

»Ich habe mich gelangweilt, wie jeden Tag hier«, antwortete Steffen.«

»Eine nette Beschäftigung!«, grinste Fitzen. »Haben Sie sich pausenlos von morgens bis abends gelangweilt?«

»Ich war in meinem Zimmer und habe online Poker gespielt, das lässt sich nachweisen, und damit habe ich ja wohl ein Alibi!«

Er beendete das Gespräch, indem er sich auf dem Absatz umdrehte und nach oben ging. Sein Vater folgte ihm. Kurz darauf kamen beide mit ein paar Taschen beladen wieder nach unten. »Der Traum von der Wohnung ist ausgeträumt«, sagte Oskar Laukat leise und übergab Benthien die Schlüssel.

»Halten Sie sich zu unserer Verfügung, bitte«, sagte Benthien.

»Bei Gabi Tammen brennt kein Licht«, stellte Lilly fest, als sie auf die Terrasse traten. »Sollen wir sie heute Abend noch stören?«

»Nein, wir gehen ins Büro und sehen uns Hardys Laptop an«, sagte Fitzen, der es offenbar kaum erwarten konnte. »Zumindest werde *ich* das tun!«

»Ich klingle mal eben bei ihr«, sagte Benthien, doch wie erwartet öffnete niemand. Daraufhin rief er ihr Handy an, von weiteren bösen Überraschungen hatte er genug. Gabi Tammen meldete sich, erklärte ihm, sie und Nele schliefen bei einer Freundin in Süderende und würden – selbstverständlich – morgen auf die Wache kommen.

Fragen und Erkenntnisse

Da in dem Büro in der Polizeistation die Heizung ausgefallen war, beschlossen sie einmütig, ihren langen Arbeitstag im Hotel, in Lillys gemütlichem Zimmer, fortzusetzen. Fitzen setzte sich an den Schreibtisch vor Benses Laptop, der, wie er fast erwartet hatte, nicht passwortgeschützt war. Aber warum auch? Hardy war im Haus der Einzige, der den Computer benutzte.

Fitzen rief die Dateien auf.

Benthien kümmerte sich um Benses Aktenordner, und Lilly widmete sich den Fotos und dem Krimskrams. Sie waren noch nicht lange im Hotel, da marschierte die Oberstaatsanwältin ins Zimmer.

»Müsstest du nicht schon im Bett liegen?«, fragte Fitzen frech, und Thyra gab ihm von hinten einen zärtlichen Klatsch auf den Hinterkopf. Aufatmend ließ sie sich in einen der Sessel fallen.

»Kinder, ihr glaubt gar nicht, wie neblig es draußen ist, man sieht die Hand nicht vor Augen. Jetzt ist der Sommer endgültig vorbei. Wie weit seid ihr? Gibt es irgendwelche neuen Erkenntnisse?«

»Meine liebe Frau Oberstaatsanwältin, du bist zu ungeduldig. Lass die Leiche und die Forensiker doch erstmal in Kiel ankommen. Und heute Nacht werden die auch nicht arbeiten. Vor morgen erfahren wir gar nichts!«

»Fitzen hat recht«, unterstützte Benthien seinen Freund.

»Dann fasst mal zusammen, was wir bisher haben. Ich muss demnächst vor die Presse treten und habe keine Ahnung, was ich denen erzählen soll.«

»Liest du unsere Berichte nicht, an denen wir ganze Nächte lang arbeiten?«, fragte Fitzen empört.

»Wir?«, stichelte Lilly. »Aber du doch nicht!«

»Schluss jetzt mit dem Kinderkram«, sagte Benthien. »Ich hätte auch nichts gegen eine Zusammenfassung, schon gar nicht nach diesem Tag. Fangen wir mit Renate Laukat an: Nach den neuesten Erkenntnissen«, er wandte sich an Thyra, »hat sie zweifelsfrei Selbstmord begangen. Es gibt keine Anzeichen von Fremdverschulden. Sie hat schon einmal vor ein paar Jahren versucht, sich durch Strangulation das Leben zu nehmen, auch damals hat es nicht geklappt, genau wie jetzt. Daher hat sie es mit dem Ertränken versucht. Es kann auch sein, dass sie tatsächlich an die Lebensversicherung gedacht hat, die sie ihrem Mann und ihrem Sohn zukommen lassen wollte. Vielleicht hoffte sie, mit der Strangulation Zweifel streuen zu können.«

»Aber sie hat keinen Abschiedsbrief hinterlassen!«

»Nicht jeder Selbstmörder tut das«, sagte Lilly. »Vielleicht, weil man in einem Abschiedsbrief, gewollt oder ungewollt und ungeachtet dessen, wie vorsichtig er formuliert ist, Schuldgefühle weckt. Irgendjemand, oft der Partner, fühlt sich angesprochen und schuldig. Vielleicht war sie so rücksichtsvoll, das ihrem Mann zu ersparen. Oder sie hat wegen der Versicherung keinen Brief hinterlassen, weil sie nicht sicher sein konnte, wer ihn finden würde. Ihr Motiv ist klar, und dass sie Depressionen hatte, wissen wir nun auch. Meiner Meinung nach ist der Fall abgeschlossen.«

»Könnte auch sein, dass sie den Abschiedsbrief per Post an ihren Mann oder ihre Cousine geschickt hat«, sagte Benthien. »Dann werden wir sicher nichts davon erfahren.«

Thyra, die sich Notizen machte, warf den Block auf den Tisch. »Sagt mal, habt ihr nicht irgendwelchen Knabberkram da? Ich glaube, mein Magen knurrt.«

»Du bist genusssüchtig, Thyra«, murmelte Fitzen und brachte eine Packung Salzbrezelchen herbei. Es war wichtig, die Oberstaatsanwältin bei guter Laune zu halten.

»Der Fall Bense«, sagte Thyra und riss die Tüte auf. »Wo stehen wir da?«

»Die Rechtsmedizin hat bestätigt, dass Frau Bense auch nach elf Uhr vormittags ermordet worden sein kann. Man hatte ja zunächst neun Uhr als Todeszeitpunkt angenommen, weil man das Frühstück noch unverdaut im Magen vorfand. Aber der spätere Zeitpunkt würde auch besser zu den Würstchen passen. Außer den Laukats hat für diese Zeit niemand ein Alibi, Hardy Bense nur bedingt, weil er schnell mal zu Hause hätte vorbeischauen können.« Benthien schenkte sich ein Glas Cola ein. »Allerdings«, fuhr er fort, »hat Ingwersen uns vorhin mitgeteilt, dass sich eine Zeugin gemeldet hat, die Hardy gut kennt. Sie kann bestätigen, dass er in seiner Mittagspause auf der Bank an der Promenade saß, denn sie hat sich mit ihm unterhalten. Mit ihr werden wir noch sprechen. Komisch ist nur, dass seine Mutter ihn zum Essen erwartet hat, während Hardy Bense nur einen Snack im Ort aß. Vielleicht hängt das mit dem Telefongespräch zusammen, das Frau Jaspersen erwähnt hat, erinnerst du dich, Lilly? Die Frau mit der kalbenden Kuh, die Frau Bense Eier gebracht hat? Die meinte ja, dass die alte Frau wegen eines Telefongesprächs mit Hardy sehr ärgerlich war. Vielleicht haben sie sich gestritten, und Hardy hatte beschlossen, nun doch nicht zum Essen zu kommen, ohne es ihr aber direkt zu sagen.«

»Aber sein Essen hat sie trotzdem gemacht …«, sagte Lilly nachdenklich.

»Bense als Verdächtiger ist raus«, sagte Thyra ungeduldig. »Er ist schließlich jetzt selber tot!« Sie schob sich gleich drei Brezelchen auf einmal in den Mund. »Ich halte Gabi Tammen für die wahrscheinlichste Täterin. Wir müssen sehen, dass wir ihr die Tat nachweisen können. Frau Bense hat sich doch nicht selbst erschlagen! »

»Und warum sollte Gabi Tammen auch Hardy umgebracht haben?«, überlegte Lilly.

»Gabi hätte das stärkste Motiv«, stimmte Fitzen zu. »Oder unser netter Kiffer Raffi Quest, der vielleicht wieder mal beim Klauen erwischt worden ist. Wenn du uns weiterarbeiten lassen würdest, Thyra, kämen wir vielleicht dahinter.«

»Nochmal zu Hartmut Bense«, sagte die Oberstaatsanwältin kauend, die wie üblich nur das hörte, was sie hören wollte. »Ist es nicht schrecklich umständlich, einen erwachsenen Mann wie Bense, der nicht gerade ein Fliegengewicht war, in einem See zu ertränken?«

»Nicht, wenn man ihn an Ort und Stelle ohnmächtig schlägt«, meinte Fitzen.

»Da stellt sich natürlich auch die Frage, warum er mit Gabi überhaupt zu diesem See fahren sollte.«

»Vielleicht hat sie ihn schon vor Fahrtantritt im Auto auf den Kopf geschlagen?«, überlegte Benthien. »Allerdings hätte sie wohl kaum die Kraft, ihn an diesen Steilhang zu bugsieren, den man mit dem Auto gar nicht erreichen kann. Es sei denn, sie hätte Helfer gehabt.«

Fitzen angelte sich eine Brezel. »Morgen wissen wir vielleicht mehr. Wir haben«, sagte er zu Thyra, »in den regionalen Zeitungen die Leute, die am Dienstag am Baggersee waren, dazu aufgerufen, Fotos und Videos, die sie gemacht haben, an die Polizei zu schicken. Es müsste doch mit dem Teufel zugehen, wenn sich darauf nicht irgendetwas finden ließe.«

Lilly, die nicht nur palavern, sondern gern weiterarbeiten wollte, holte Benses Kritzelblock aus dem Karton mit den Fotos. Dabei fiel ein Stück Papier heraus und segelte zu Boden. Fitzen hob es auf und stieß einen leisen Schrei aus. »Ein Flugticket nach Portland, Oregon! Abflug nächste Woche, Rückflug erst in zwei Monaten, gebucht auf Hartmut Bense. Anscheinend wollte er seinen Onkel besuchen.« Alle sahen sich überrascht an. »Und was sagt uns das?«

»Tommy, fang du jetzt endlich an, Benses Laptop zu durchsuchen«, mahnte Benthien, »schau dir die E-Mails an. Und suche die Telefonnummer des Onkels heraus, der muss benachrichtigt werden.«

Sie arbeiteten, dass ihnen die Köpfe rauchten, während Thyra die Gastgeberin spielte. Sie orderte Weißwein für sich, Tee und Kaffee für die Kollegen, machte noch eine Packung Käsecracker auf und griff sich mal dieses, mal jenes von Hardys Papieren, las es durch, um dann versonnen in die Gegend zu blicken. Fitzen hatte die E-Mails, die Hardy an seinen Onkel geschickt hatte, bald gefunden. Offenbar hatte er ein paarmal mit dem Onkel telefoniert, denn die Mails bezogen sich alle auf diese Gespräche. Daraus ging hervor, dass Bense einige Wochen in Oregon bleiben wollte, um sich darüber schlüssig zu werden, was er in Zukunft mit seinem Leben anfangen wollte.

Plötzlich schrie Fitzen auf und trommelte – offenbar vor Begeisterung – mit beiden Fäusten auf die Schreibtischplatte. Alle zuckten zusammen. Thyra, die kurz eingenickt war, fuhr in ihrem Sessel hoch. »Musst du die Leute so erschrecken?«

»Hört zu«, sagte Fitzen feierlich, »was ich gefunden habe. In einem Ordner mit der Aufschrift ›Neu von G‹!« Dann las er mit getragener Stimme vor:

»Lieber Hardy,
ich glaube, du weißt, was passiert ist, und warum ich dir schreibe. Vielleicht, könnte ich mir vorstellen, kannst du mich sogar ein bisschen verstehen. Ganz besonders du! Es war nicht meine Absicht, und ich bereue es zutiefst. Ich habe dir deine Mutter genommen, weil sie mich bis aufs Blut gereizt hat. Ich wusste nicht mehr, was ich tat, ich habe einfach blindlings zugeschlagen, aber das ist natürlich keine Entschuldigung. Was soll ich jetzt bloß tun? Ich kann Nele doch nicht alleinlassen! Können wir miteinander reden? Wir waren doch mal Freunde. Wenn du glaubst, du musst zur Polizei gehen, dann tu das. Aber lass uns vorher miteinander sprechen. Bitte! Deine Gabi.«

»Also wenn das kein astreines Geständnis ist!«, sagte Fitzen.

Die Schlinge zieht sich zu

Am nächsten Tag herrschte eine fiebrige Tätigkeit in der Polizeistation. Gabi Tammen war festgenommen worden und wartete auf ihr Verhör. Natürlich hatte sie abgestritten, jemals eine solche E-Mail an Hardy Bense geschickt zu haben. Ihr Laptop, der beschlagnahmt worden war, sagte jedoch etwas anderes. Sie hatte Frau Bense im Streit erschlagen – Benthien war gern bereit, anzunehmen, dass es ein spontaner Akt der Wut gewesen war, also Totschlag –, doch dann hatte sie gemerkt, dass sie ihr Ziel, das Haus zu behalten, nicht erreichen würde, denn auch Hardy war nicht bereit, es ihr weiterhin zu vermieten. Sie hatte, warum auch immer, die Mail an Hardy geschrieben, wahrscheinlich in einem echten Anfall von Reue, nachts, wenn alles hoffnungslos erscheint, wenn man grübelt, ohne einen Ausweg zu finden und einen das heulende Elend überkommt. Wer kannte so etwas nicht? Dann jedoch war ihr klar geworden, was dieses Geständnis für sie und Nele bedeuten würde, und sie hatte beschlossen, auch Hardy zu töten. Da kam es ihr sehr gelegen, dass er gerade auf dem Festland war. Der Stofffetzen, den er in der Hand hielt, stammte tatsächlich aus ihrer Regenjacke, die Benthien bei der Dursuchung nach dem Einbruch an der Garderobe gesehen hatte - was ihm einen kurzen Moment der Genugtuung verschaffte. Sie hatte kein Alibi für den frühen Dienstagnachmittag – dass man stundenlang nach einem Haus suchte, das zu vermieten war, konnte schließlich jeder behaupten. Dumm für Gabi war nur, dass sie nicht die Möglichkeit gehabt hatte, ihre E-Mail von Hardys Laptop zu löschen. Wahrscheinlich hatte sie nicht damit gerechnet, dass Hardy seinen Laptop mit sich führte, das erwies sich nun als eine böse Überraschung.

Die Frage war, wer beerbte Hardy Bense? Der Onkel in Oregon? Soweit Benthien wusste, gab es in Deutschland keine weiteren Verwandten mehr. Da bestand doch vielleicht die Chance, dass man Gabi, eine alte Freundin der Familie, als Hausverwalterin einsetzte, die dafür sorgte, dass beide Häuser weiterhin lukrativ vermietet wurden. Und damit: Ende gut, alles gut! Hatte Gabi so gedacht? Doch bevor Benthien sie verhörte, wollte er noch weitere Ermittlungsergebnisse abwarten. Es gab noch zu viele unbekannte Komponenten. Gabis Wege auf dem Festland mussten nachvollzogen werden.

Lilly hatte bereits eruiert, dass Gabi Tammen sich tatsächlich in Husum in der Wäscherei beworben hatte, doch danach verlor sich ihre Spur. Und was Hardy Bense aufs Festland und in die Pension nach Niebüll geführt hatte, wussten sie auch noch nicht. Wie hatte Gabi es fertiggebracht, ihn an den Baggersee zu locken? Und warum dieser komplizierte Mord? In ihrem Interesse konnte es doch sicher nicht liegen, dass Bense wochen- oder monatelang verschollen blieb?

Fitzen war auf die gute Idee gekommen, die Aufnahmen der Radarfallen, die es in der Gegend um Niebüll gab, von jenem Dienstag anzufordern; vielleicht war Gabis Wagen irgendwo erfasst worden. Die Aufforderung an die Baggerseebesucher, ihre Videos oder Fotos der Polizei zur Verfügung zu stellen, war ebenfalls durch die Medien verbreitet worden, und es gab eine Menge Resonanz, wie Benthien gehört hatte. Auch dieses Material musste durchgesehen werden.

Ein Testament war bisher nicht aufzufinden gewesen, obwohl Lilly das Haus der Benses gründlich auf den Kopf gestellt hatte. Nun suchte sie im Adressbuch und den Ordnern, die sie mitgenommen hatten, nach dem Rechtsanwalt der Familie.

Auch Fitzen saß wie ein Fels in der Brandung inmitten des Gewusels und ließ sich nicht stören. Er hatte sich gerade durch Bankunterlagen gewühlt, als die Blitzer-Fotos gekommen waren, und jetzt blickte er wie hypnotisiert auf seinen Monitor, auf dem ein Schwarz-Weiß-Foto nach dem anderen erschien: die Aufnahmen aufgeschreckter Raser und Schnellfahrer. Benthien konnte nur hoffen, dass auch Gabi geblitzt worden war. Am besten in der Nähe des Baggersees, mit Hardy Bense auf dem Beifahrersitz. Oder auch umgekehrt in Benses Wagen.

Benthien gelang es kaum, sich auf seine Arbeit zu konzentrieren. Nervös marschierte er auf und ab, während ihm die verschiedensten Gedanken durch den Kopf schossen. Nele tat ihm leid, was würde jetzt aus ihr werden? Dass man jemanden in einem Wutanfall erschlug, konnte er noch einigermaßen nachvollziehen, aber dieser eiskalte Mord an Hartmut Bense war ein ganz anderes Kaliber. Was hatte sie sich nur dabei gedacht? War es vielleicht Notwehr gewesen? Aber wo kamen dann plötzlich die Handschellen her, es war ja nicht üblich, dass ein Normalbürger Handschellen mit sich herumtrug. Oder hatten sie erotischen Zwecken gedient?

»Du machst mich ganz schwindelig mit deiner Rumrennerei«, klagte Fitzen, als Holm Ingwersen mit einem jungen Mann eintrat, der ihnen bestens bekannt war: Raffael Quest. Diesmal hatte er statt eines Rucksacks seine Gitarre dabei.

Verlegen wandte er sich an Fitzen. »Ich muss Ihnen was sagen.«

Fitzen deutete stumm auf einen Stuhl.

»Sicher wollen Sie mir erklären, warum Hardy Bense Ihrer Freundin Mareike kürzlich neunhundert Euro überwiesen hat?«, sagte Fitzen liebenswürdig. Benthien hörte es mit Erstaunen, das hatte er auch noch nicht gewusst. Fitzen war manchmal ein echter Geheimniskrämer. Oder hatte er diese Information über den Blitzer-Fotos vergessen?

»Eh … nein! Was? Wieso? Ich bin wegen was ganz anderem hier.«

Benthien beschloss, sich dazuzusetzen. Er war neugierig, was der junge Mann zu sagen hatte. Aber außerdem zürnte er Fitzen, weil er ihn nicht umgehend von der Überweisung in Kenntnis gesetzt hatte.

»Zuerst erzählen Sie mir etwas über diese neunhundert Euro, mein Freund, ich bin sicher, Sie wissen darüber Bescheid. Oder müssen wir erst Ihre Freundin Mareike herzitieren?«

Doch Quest bestand darauf, von der Überweisung keine Kenntnis zu haben.

»Ich bin wegen was ganz anderem hier«, sagte er, und ein zielloses Lächeln huschte über sein Gesicht. Benthien vermutete, dass er seine tägliche Ration Gras bereits intus hatte.

»Dann erzählen Sie mal«, sagte er aufmunternd und bändigte Fitzen mit einem Blick.

»Ich glaube, ich habe es Ihnen noch nicht gesagt, oder? Dass ich jemanden gesehen habe?«

»Wen, wann, wo«, knurrte Fitzen und klopfte mit dem Kugelschreiber auf den Tisch.

»Ich war doch bei den Benses, damals, als die alte Frau Bense … habe ich Ihnen erzählt, oder?«

Fitzen verdrehte die Augen. »Sie haben uns damals verklickert, dass Sie Steffen Laukat aus dem Haus haben rennen sehen. Aber das war ein aufgelegter Schwindel. Kann es sein, dass Sie sich auf unsere Kosten amüsieren wollen?«

»Ich bin jetzt drauf gekommen, wer es war.« Quest grinste liebenswürdig. »Tut mir leid, dass ich Sie in die Irre geführt habe, war nicht meine Absicht. Es war wegen der Kapuze. Wissen Sie? Ich dachte, es wäre ein Typ. Aber es war 'ne Frau. Die von nebenan. Sie ist aus dem Haus gelaufen, als ich in dem Busch saß. Und woher weiß ich das?« Er schlug einen Akkord auf der Gitarre. »Ich habe sie vorhin auf dem Rad gesehen. Auch mit so einem grauen Kapuzenshirt. Und es war dieselbe Frau, diese Gabi Tammen, die Nachbarin der Benses. Und genau die habe ich damals auch aus dem Haus rennen sehen.« Er stand auf. »Wollte ich nur sagen. Nicht dass Sie den Falschen einbuchten.«

»Moment!«, sagte Benthien. »So schnell geht das nicht. Sie wollen uns jetzt erzählen, dass Sie am Todestag von Frau Bense Gabi Tammen aus dem Haus haben rennen sehen, kurz bevor Sie Frau Bense tot auffanden – was Sie uns allerdings nicht meldeten? Sie trug ein graues Kapuzenshirt, aber Sie dachten, es wäre Steffen Laukat?«

»Ja, weil der auch solche Shirts trägt. Und der Typ, der da rauslief, wirkte irgendwie männlich. Hardy war's jedenfalls nicht. Und heute ist mir eingefallen, dass ich ›nen Pferdeschwanz gesehen habe. Also unter der Kapuze. Ich hatte es nur vergessen.«

Sie befragten Raffi noch eine Viertelstunde, doch er erzählte immer wieder im Kreis herum dieselbe Geschichte von Gabi Tammen im Kapuzenshirt auf dem Fahrrad, dem Pferdeschwanz unter der Kapuze, und dass er sie in genau dieser Aufmachung aus dem Bense-Haus habe rennen sehen, nur heute habe er sie eben von vorne gesehen. Und daher wüsste er jetzt, dass sie es war.

Als sie die Geschichte auswendig kannten und nichts Neues mehr aus Quest herauszuholen war – irgendwann lächelte er nur noch sonnig und bot ihnen an, *Sweet Home*

Alabama auf seiner Gitarre zu spielen –, ließen sie ihn gehen.

»Glauben wir ihm das?«, fragte Fitzen.

»Sehr zuverlässig ist dieser Zeitgenosse nicht. Und ich frage mich, wofür die neunhundert Euro sind, die Hardy Bense an Mareike Könen überwiesen hat.«

»Wenn es die Bezahlung für Quests Aussage war, dann war Bense aber reichlich knauserig! Und ungemein rachsüchtig! Vielleicht dachte er, mit Quests Aussage könnten wir Gabi nun endlich den Mord nachweisen. Oder sie so unter Druck setzen, dass sie gesteht.«

Lilly setzte sich auf die Tischkante. »Ich habe eben wegen dieser neunhundert Euro mit Mareike Könen telefoniert. Sie erzählte mir, es wäre ihr noch ausstehendes Gehalt vom letzten Monat und ein Vorschuss für Oktober. Sie hatte darum gebeten, weil Hardy ihr gesagt hat, er wäre für einige Zeit nicht da und sie solle sich um sein Haus kümmern.« Sie zuckte mit den Schultern. »Die Geschichte würde zumindest zu Benses Flugticket passen.«

»Mir wäre sehr viel wohler, ich würde dieses Kapuzenshirt in Gabi Tammens Haus finden«, sagte Benthien sorgenvoll. »Hoffentlich kommt unser Durchsuchungsbeschluss bald.«

»Willst du so lange warten?«, fragte Fitzen. »Mir ist danach, sie so richtig in die Zange zu nehmen. Ich bin sicher, die wird reden. Lange hält sie das nicht mehr aus. Und ich finde, wir haben genug gegen sie in der Hand.«

Krokodilstränen?

»Sie können doch nicht im Ernst glauben, dass ich beide umgebracht habe, Gertrud und Hardy«, sagte Gabi Tammen verzweifelt. »Das ist doch der reine Irrsinn! Ich bin doch kein Monster!«

»Besitzen Sie ein graues Kapuzenshirt?«, fragte Benthien freundlich.

Gabi starrte ihn an. »Ja, und? So eins haben doch viele.«

»Und waren Sie heute in der Badestraße mit dem Rad unterwegs?«

»Kann sein, ich war heute auf der halben Insel unterwegs.«

Benthien atmete auf. Zumindest dieser Teil von Quests Geschichte stimmte. »Sie wurden am Todestag von Frau Bense gesehen, wie Sie Benses Haus verlassen haben. Damals trugen Sie dieses graue Shirt. Als wir Sie später trafen, hatten sie ein anderes Shirt an. Und genau dieses andere Shirt gaben Sie uns, als wir um die Kleidung baten, die Sie an diesem Tag getragen haben. Und es nützt gar nichts, Frau Tammen, wenn Sie das leugnen. Wir haben einen Zeugen, der Sie gesehen hat.«

Es war nur ein Versuchsballon, denn Benthien war keineswegs sicher, ob Raffael Quest die Wahrheit gesagt hatte, aber die Wirkung war erstaunlich. Gabi Tammen brach auf ihrem Stuhl zusammen. Sie schlug die Hände vors Gesicht und fing an zu weinen. Lilly setzte sich neben sie, gab ihr ein paar Papiertaschentücher und holte ihr ein Glas Wasser.

»Erzählen Sie, dann wird es Ihnen besser gehen«, sagte sie sanft.

»Sie wollte einfach nicht mit sich reden lassen«, schluchzte Gabi. »Sie war wirklich darauf aus, meine Existenz zu vernichten. Was habe ich ihr denn getan? Warum hasste sie mich so?«

»Sie sind zu Frau Bense gegangen, um noch einmal mit ihr über das Haus zu reden, über ihr Mietverhältnis«, begann Benthien, und Gabi nickte. »Aber sie wollte nicht zuhören, sie wollte einfach nicht nachgeben«, tastete er sich weiter.

»Ja, aber das war am Morgen, ehe ich zum Putzen ging! Sie hatte Magenprobleme, aber ansonsten war sie quicklebendig! Allerdings lehnte sie es ab, über unser Mietverhältnis zu reden«, sagte Gabi, »sie wollte über meine Beziehung zu Hardy sprechen.« Sie lachte hysterisch. »Als wenn wir eine Beziehung gehabt hätten! Aber sie meinte, dass ich einen schlechten Einfluss auf ihn hätte. Als wenn wir noch kleine Kinder wären, die im Sandkasten spielten! So ein Blödsinn. Ich hatte doch gar keinen Einfluss auf ihn. Er wollte ja noch nicht mal meine Freundschaft!«

»Und irgendwann haben Sie nur noch rot gesehen und sind auf Frau Bense losgegangen«, schaltete sich Fitzen ein. »Das kann ich sogar verstehen. Das nennt man Totschlag, Frau Tammen, und …«

»Nein!« Die junge Frau blickte wild um sich. »Ich bin nach Hause gegangen, habe mich umgezogen und bin zu meiner Putzstelle gefahren! Und als ich gegen Mittag zurückkam, war Gertrud tot.« Trotzig sah sie von einem zum anderen. »Das ist die Wahrheit, das schwöre ich!«

Benthien fragte sich, was man Quest eigentlich glauben konnte. Wie es schien, verbreitete er mit wahrem Vergnügen einen Haufen Halbwahrheiten. War das Taktik, um von sich selbst abzulenken?

Fitzen beugte sich vor. »Sie haben nicht nur Frau Bense, sondern auch Hardy Bense getötet«, sagte er hart. »Am

Baggersee. Er hatte einen Fetzen von Ihrer Regenjacke in der Hand. In seinem Wagen, auf dem Beifahrersitz, haben wir ein paar lange, blonde Haare gefunden, die mit Sicherheit von Ihnen stammen. Wir werden noch im Lauf des Nachmittags das Ergebnis von der Forensik bekommen. Sie sind Tauchlehrerin gewesen. Sie haben für den Dienstagnachmittag kein Alibi, dafür haben Sie Hardy per E-Mail ein Geständnis geschickt. Alles weist lückenlos auf Sie als Täterin hin. Wollen Sie nicht einfach ein Geständnis ablegen? Ich bin sicher, dann wird es Ihnen besser gehen! Und es wird Ihnen zugutekommen.«

Gabi Tammen starrte ihn an. »Sie … Sie sind völlig wahnsinnig geworden!«, stammelte sie fassungslos.

Am Nachmittag durchsuchten Benthien, Fitzen und Lilly Gabi Tammens Haus. Die Spurensicherung war ein paar Tage vorher, am Tag nach dem angeblichen Einbruch, schon hier gewesen und hatte nichts gefunden, was den Einbruch hätte bestätigen können; jetzt suchten sie nach Beweisstücken für Gabis Schuld. Das graue Kapuzenshirt hing im Schrank. Obwohl es inzwischen ganz offensichtlich gewaschen worden war, war Benthien sich sicher, dass man noch Blut von Frau Bense im Gewebe finden würde. So etwas ließ sich nur sehr schwer entfernen. Den größten Treffer machte jedoch Tommy Fitzen, als er in Neles Zimmer einen Papierkorb mit zerschnittenem Bastelpapier ausleerte. Ganz unten fand sich eine Handschelle, allerdings ein anderer Typ als die, mit der Hardy Bense gefesselt worden war. Der dazugehörige Schlüssel steckte noch. Doch den Schlüssel, der zu der Handschelle von Hardy Bense gehörte, den fanden sie trotz intensivster, stundenlanger Suche nicht.

»Sie hat ihn irgendwo entsorgt«, sagte Lilly, »vielleicht in den See, in ein Gestrüpp, oder irgendwo am Strand. Da gibt es genug Möglichkeiten.«

»Aber warum hat sie dann diese zweite Handschelle nicht auch weggeworfen?«, fragte sich Benthien, ohne eine Antwort zu erwarten.

»Gabi wird behaupten, sie nie gesehen zu haben«, sagte Fitzen sarkastisch, eine Aussage, die sich bewahrheiten sollte.

»Ich habe diese Handschelle noch nie in meinem Leben gesehen«, protestierte Gabi Tammen unter Tränen, nachdem man sie ihr gezeigt hatte. »Ich habe noch nie so etwas besessen.«

»Natürlich, man hat sie Ihnen bei dem ›Einbruch‹ vor ein paar Tagen untergeschoben«, sagte Fitzen barsch. »Sie sind ganz schön vorausschauend, Frau Tammen. Hatten Sie geahnt oder befürchtet, dass diese Situation kommen würde? Haben Sie deshalb den ›Einbruch‹ erfunden, bei dem nichts gestohlen wurde? Warum haben Sie die Handschelle nicht einfach weggeworfen?«

Die junge Frau wurde grau im Gesicht. Kraftlos sank sie auf einen Stuhl und ließ sich dann stumm von Holm Ingwersen abführen.

»Sie ist eine verdammt gute Schauspielerin«, sagte Fitzen, »hätte ich ihr gar nicht zugetraut.«

»Wenn die Beweise nicht so erdrückend wären«, meinte Lilly, »wäre ich fast geneigt zu glauben, da spielt ihr jemand einen bösen Streich. Wie, wenn Quest lügt? Wer sagt denn, dass nicht *er* Frau Bense getötet hat? Er könnte doch der nächtliche Einbrecher gewesen sein?«

»Weil es so viele Hinweise auf Tammen gibt?«, konterte Fitzen.

Benthien erklärte, es würde ihm schon zu schaffen machen, wenn am grauen Kapuzenshirt keine Blutspuren gefunden würden. »Und ich wäre auch sehr zufrieden, wenn Gabi Tammen ein Geständnis ablegte. Vielleicht kriegen wir sie ja noch dazu.«

»Jedenfalls wissen wir inzwischen, wer der Anwalt der Familie Bense ist«, sagte Lilly. »Es ist eine alteingesessene Föhrer Kanzlei. Ich habe vorhin mit dem Senior telefoniert. Demnach hat Frau Bense alles ihrem Sohn vermacht. Von Hartmut Bense gibt es kein Testament, aber der Anwalt hat bestätigt, dass außer dem Onkel in Amerika keine weiteren Verwandten mehr existieren, noch nicht mal Neffen. Der Onkel ist also der Alleinerbe. Da frage ich mich, inwiefern Gabi Tammen da einen Vorteil hätte.«

Benthien ging mit drei Bechern zum Kaffeeautomaten. »Zumindest wäre zunächst wohl die Kündigung vom Tisch. Und dann, wir haben es ja schon gesagt, könnte sie anbieten, die weitere Vermietung der Häuser zu übernehmen. Wer weiß, wie alt der Onkel ist.«

»Wir sollten uns mit ihm in Verbindung setzen«, sagte Fitzen und kippte Milch in seinen Kaffee. »Weiß er überhaupt schon, was passiert ist? Mit Hardy?«

»Die dortige Polizei hat es ihm schonend beigebracht«, sagte Lilly. »Es soll ihn schwer erschüttert haben, sagt Ingwersen. Übrigens hat Ingwersen auch deine restlichen Blitzer-Fotos durchgesehen, Tommy. Auf keinem der Fotos ist Gabi Tammen in ihrem Wagen zu sehen. Und einen Strafzettel hat sie auch nicht bekommen. Wir wissen nur, dass sie tatsächlich an diesem Dienstag auf dem Festland war.«

Auftritt einer Zeugin

An diesem Abend arbeitete Benthien länger als seine Kollegen, um noch einmal in Ruhe und mit ein bisschen Abstand alle Details durchzugehen. Auch Holm Ingwersen war noch da. Benthien fragte ihn, was er von Gabi Tammen als Täterin hielte.

Der junge Mann kraulte nachdenklich seinen Bart. »Ich hätte es ihr nicht zugetraut«, gab er zu. »Ich kenne sie nur als ehrlichen Menschen. Aber was sagt das schon aus, ich kann mich schließlich irren. Sie ist jedenfalls der Typ Löwenmutter, der … na ja, so würde ich sie einschätzen. Eine, die alles für ihr Kind tut.«

»Du willst damit sagen, dass Gabi ein solches Verbrechen für ihre Tochter begehen könnte, um zu verhindern, dass sie in Armut leben muss?«

Ingwersen zuckte die Schultern. »Das wäre durchaus denkbar.«

Der Diensthabende riss die Tür auf. »Da will jemand den Chef sprechen!«

Er führte eine ältere Frau mit kurzen grauen Haaren herein, die Ingwersen Benthien als Else Riepe vorstellte. Sie war die Zeugin, die Hardy Bense am Todestag seiner Mutter an der Strandpromenade getroffen und die kurz mit ihm gesprochen hatte. Eigentlich hatte sie ihre Aussage längst gemacht, Ingwersen hatte sie noch am Tag, als Bense tot im Baggersee gefunden wurde, aufgenommen. Was also wollte sie zu später Stunde jetzt hier, fragte sich Benthien, bis sich zu seiner Überraschung herausstellte, dass sie auch Hardys Patentante war, eine frühere Freundin seiner Mutter. Immer noch zutiefst bewegt, wollte sie wohl einfach jemandem ihr Herz ausschütten.

Was für ein lieber Junge Hardy gewesen war. Wie begabt in der Schule. »Wir sind oft mit ihm nach Österreich gefahren, denn Gertrud behauptete, sie könne sich einen Ferienaufenthalt für den Jungen nicht leisten.« Sie schnaufte verächtlich. »Das war natürlich dumm Tüch. Klar hatte sie das Geld, sie wollte ihn nur nicht vom Rockzipfel lassen. Da haben wir ihn dann mitgenommen, mein Mann, mein Sohn und ich. Ich kann gar nicht fassen, dass er tot ist. Er war so ein lieber Junge.« Sie zog ein Taschentuch hervor. »Ich habe ihn noch an Gertruds Todestag gesehen. An der Promenade. Da saß er und aß sein Brot, der arme Kerl. Dabei braucht er was Richtiges zu Mittag, so hart wie er arbeitet. Er hatte wohl wieder Krach mit Gertrud gehabt.«

»Warum meinen Sie das?«, fragte Benthien.

»Weil er nicht zu Hause aß. Sonst kam er ja immer zum Mittagessen nach Hause. Gertrud hat ihn schon ganz schön drangsaliert. Ich meine, er war ja kein kleiner Junge mehr! Aber als solchen hat sie ihn ihr Leben lang gesehen. Er durfte einfach nicht erwachsen werden.«

»Sie waren zuletzt nicht mehr befreundet, Gertrud und Sie?«

»Nein. Gertrud ließ sich nichts sagen, wissen Sie, und Kritik nahm sie übel. Sie hat mich vor vielen Jahren aus ihrem Haus geschmissen, da war Hardy noch ein junger Mann. Aber Hardy und ich, wir haben uns immer mal wieder getroffen, oft habe ich ihn in seinem Laden besucht.«

»Kennen Sie Gabi Tammen?«

Ihr Gesicht verschloss sich. »Ja, die hat ihm gar nicht gutgetan. Hat ihm schöne Augen gemacht, aber dann war nichts dahinter. Sie hat ihn an der Nase herumgeführt.«

Benthien fragte sich gerade, auf welchen Zeitabschnitt sich ihre Aussage bezog, auf die Teenagerjahre oder die Gegenwart, als sie hinzufügte: »Zuletzt hat sie ihm übel mitgespielt. Hat ihn glauben lassen, sie würde sich eine Heirat überlegen, nur um ihn dann doch abzuweisen. Nein, das hatte der Junge nicht verdient!«

»Trauen Sie ihr einen Mord zu?«

»Sie glauben, sie hat Gertrud getötet? Das traue ich ihr sofort zu, wenn es ihren Zwecken dient. Aber sagen Sie, Herr Kommissar, was ist denn mit dem Jungen passiert? Es war doch ein Unfall, oder nicht?«

Offenbar hatten sich der Verdacht gegen Gabi in Bezug auf Hardy Bense und die Details der Auffindesituation noch nicht auf der Insel herumgesprochen.

»Er hat sich doch nicht selbst getötet?« Sie atmete schwer. »Das würde ich mir nie verzeihen. Warum war ich nicht da, als er in solcher Not war? Er war so niedergeschlagen nach dem Tod seiner Mutter.«

Sie blickte ihn so ängstlich und traurig an, dass Benthien ihr nur mitteilte, dass man noch keine Einzelheiten wüsste. Es erstaunte ihn, dass Else Riepe an einen Suizid dachte. Aber da er keine Ermittlungsergebnisse weitergeben konnte und die Tatsache, dass Bense mit Handschellen gefesselt worden war, als Täterwissen nicht öffentlich gemacht werden sollte, konnte er nur ein paar beruhigende, nichtssagende Worte murmeln.

Doch etwas machte ihn stutzig, etwas, das sie erwähnt hatte. Als auch Ingwersen gegangen war, nahm er sich noch einmal Hardy Benses persönliche Sachen vor, die sie vor Tagen aus seinem Haus mitgebracht hatten. Den Schuhkarton voller Erinnerungsstücke, den Notizblock mit den Kritzeleien, der neben dem Telefon gelegen hatte. Nachdenklich betrachtete er die Fotos, las die Aufschriften auf den Rückseiten, und je weiter er in

Benses Leben eindrang, desto ungeheuerlicher wurde das Bild dessen, was möglicherweise wirklich passiert war.

Spät am Abend ging Benthien langsam und auf Umwegen durch die Sträßchen von Wyk zum Hotel zurück, er brauchte noch Zeit zum Nachdenken. Und wo konnte er das besser tun als am Meer? Er betrat die Holzbrücke an der Promenade, atmete tief die salzige Seeluft ein, den Geruch nach Tang, und vermisste schon den Sommer, ehe der Herbst richtig loslegte. Morgen war Erntedankfest, die Kirchen waren geschmückt, sogar in einem der Geschäfte am Sandwall hatte man ein altes, hölzernes Wagenrad ausgelegt, das gefüllt war mit Früchten und verschiedenen Gemüsen. Benthien musste lachen, als er sogar Fische entdeckte, doch dann blieb ihm das Lachen im Halse stecken.

Er zückte sein Handy und tätigte einen Anruf, wobei es ihm völlig egal war, dass es inzwischen fast Mitternacht war.

In seinem Hotelzimmer sah er sich noch einmal sehr genau die Aufnahmen an, die die Taucher vom Auffindeort von Benses Leiche gemacht hatten. Danach nahm er sich Hardy Benses Fotosammlung vor und ebenso den Kritzelblock. Das wiederum führte dazu, dass Benthien den Laptop wieder hochfuhr und eine amerikanische Website sehr aufmerksam studierte.

Die ganze Wahrheit

Zwei Tage später saßen Benthien, Lilly, Fitzen und Holm Ingwersen zusammen mit der Oberstaatsanwältin in der Polizeistation am Hafendamm. Thyra wollte vorab einen persönlichen Bericht der Ermittler jenseits aller Protokolle, weil sie in wenigen Stunden zusammen mit Benthien vor die örtliche Presse treten musste.

Holm Ingwersen, der die Auflösung bisher nur bruchstückweise kannte, fragte: »Wie bist du überhaupt auf die Idee gekommen, John, nochmal Benses ganzen Kram durchzusehen?«

»Mir war ein ganz kleiner, an sich unbedeutender Widerspruch aufgefallen, als ich vor zwei Tagen mit Frau Riepe sprach«, erwiderte Benthien, der unruhig im Zimmer hin und her lief. »Sie erwähnte, dass sie Hardy in seiner Mittagspause getroffen hatte, und beschrieb, wie er ›sein Brot aß‹. Soweit wir wussten und laut seiner eigenen Aussage hatte er sich aber zwei Crêpes gekauft. Das waren zwei verschiedene Aussagen, aber hatten sie auch eine Bedeutung? Hatte Frau Riepe überhaupt so genau hingesehen? Ich telefonierte noch am späten Abend mit ihr, fragte nach, und sie bestätigte mir ausdrücklich, dass Hardy ein *Brot* gegessen habe, und zwar das berühmte Sauerteigbrot, das seine Mutter oft zu backen pflegte.«

»Also kamst du darauf, dass er zu Hause gewesen war«, sagte Thyra scharfsinnig, »denn das Brot hatte sie ja erst an jenem Vormittag gebacken.«

»Richtig, er musste im Lauf des Vormittags bei seiner Mutter gewesen sein«, bestätigte John, »die ihm dann ein Essen machte, weil er morgens nicht gefrühstückt hatte. Ich ging an jenem Abend noch einmal seine Sachen durch, vor allem die Fotos. Da gab es eines, das Hardy zusammen mit ein paar Leuten in Badekleidung in einem Schwimmbad zeigte, aufgenommen vor zwei Jahren. Auf der Rückseite stand in seiner Handschrift: *Apnoe-Kurs in Kiel.*«

»Apnoe … ist das nicht Tauchen ohne alles?«, fragte Thyra. »Ohne Schnorchel, ohne Sauerstoff?«

»Ja«, sagte Benthien, »ich habe selbst mal überlegt, ob ich nicht so einen Kurs machen sollte. Dabei lernt man, mit nur einem einzigen Atemzug einen Tauchgang zu machen, indem man den natürlichen Atemreflex für eine Weile unterdrückt. Der Weltrekord liegt bei elf Minuten, aber der Normalbürger kann mit einiger Übung auch fünf, sechs oder sieben Minuten schaffen. Frau Riepe hat mir am Telefon bestätigt, dass Hardy diesen Apnoe-Kurs gemacht hat. Er wollte damals tatsächlich allein in die Karibik fliegen.«

»Soweit ich weiß, hat er es nie getan«, sagte Ingwersen.

»Seine Mutter hat es zu verhindern gewusst, indem sie einen Herzanfall bekam und ins Krankenhaus eingeliefert wurde«, bestätigte Benthien. »Auch das hat mir Frau Riepe erzählt. Und jetzt hat Bense seine Kenntnisse angewandt, um einen Mord zu begehen, nämlich den Mord an sich selbst. Und Gabi Tammen, die Frau, die ihn nicht lieben wollte, sollte der Sündenbock sein. Ich muss sagen, er hat das nahezu perfekt eingefädelt. Zum Glück habe ich auf meinem Weg zum Hotel ein Erntedankrad in einem der Schaufenster am Sandwall gesehen. Neben Obst und Gemüse lagen da auch kleine Fische zwischen den Speichen. Es ist zwar eine kuriose Idee, Fische zum Erntedankfest zu dekorieren, und ich nehme an, es waren künstliche, aber sie lenkten meine Gedanken …«

«… auf die toten Fische, die am Grund des Baggersees lagen, wo wir Hardy gefunden haben!«, fuhr ihm Fitzen in die Parade. Er wandte sich an Thyra. »Ich lobe John ja nur ungern, aber das war wirklich ein Geniestreich von ihm, findet ihr nicht? Und auch von Hardy, das muss ich zugeben.«

»Ich verstehe kein Wort«, klagte Thyra. »Könnt ihr mal der Reihe nach erzählen? Schön langsam und nach den Gesetzen der Logik?«

»Hardy Bense wollte sich umbringen und mit den Handschellen an den Baumstamm fesseln. So weit reichte seine Atemluft noch aus. Er nahm also seine Handschellen mit, wahrscheinlich in der Jacken- oder Hosentasche, nachdem er Gabi Tammen ein zweites Paar untergejubelt hatte«, erklärte Lilly.

»Um sich zu fesseln, braucht man keinen Schlüssel«, fuhr Benthien fort. »Man braucht ihn aber, um die Handschellen wieder zu öffnen. Darum würde niemand den Schlüssel weit entfernt von den Handschellen aufbewahren, sondern ihn bei sich tragen, zusammen mit den Handschellen. Wenn nicht, hat man ein Problem, wenn man die Dinger wieder öffnen will.«

»Gibt's da keine Universalschlüssel?«, fragte Thyra.

»Gabi Tammens Handfesseln waren ein anderer Typ als die von Bense«, schaltete sich Ingwersen ein. »Daher haben sie auch andere Schlüssel. Die, die Hardy benutzt hat, hat er einmal von einem Kollegen von mir geschenkt bekommen. Das war, als er mit Freunden nach Düsseldorf zum Karneval fahren wollte. Sollte ein Gag sein.«

»Diejenigen, die er Gabi untergejubelt hat, hat er erst kürzlich im Internet bestellt«, ergänzte Benthien. »Jedenfalls sah es mehr und mehr so aus, als hätte Bense tatsächlich Selbstmord begangen. Und da fragte ich mich, wo war der Schlüssel? Wir hatten ja nirgendwo einen Schlüssel gefunden. Und ich sagte mir Folgendes: Kann es nicht sein, dass Bense den Schlüssel für die Handschellen noch bei sich trug, als er am Baggersee war? Man stelle sich doch mal Benses Situation vor: Er will Selbstmord begehen, es aber aussehen lassen wie einen Mord. Jetzt muss er eine ganze Menge bedenken und planen. Gabi darf kein Alibi haben, er muss falsche Beweise gegen sie konstruieren, das ganze Timing muss stimmen, er darf keine Fehler machen, muss alles genau bedenken. Der Einbruch bei Gabi muss organisiert werden. Und bei alldem hat er seinen baldigen, nicht sehr angenehmen Tod vor Augen. Wer sagt, dass ihm da nicht die Nerven flattern? Und dann, als er sich bereits gefesselt hatte, fiel ihm der Schlüssel ein, und er musste sehen, wo er ihn verstecken konnte.« Benthien holte tief Luft. »Als er dann im Wasser die toten Fische entdeckte, hatte er einen grandiosen Einfall. Er nahm einen der Fische und stopfte ihm den Schlüssel so tief er konnte ins Maul, in der Hoffnung, wir würden die Fischkadaver gar nicht beachten. Und damit hatte er vollkommen recht! Erst als ich im Schaufenster das Ernterad mit den Fischattrappen sah, kam ich darauf, dass wir zwar ein relativ großes Areal im See rund um Hardy Bense untersucht hatten, aber nicht das Innere der toten Fische, die da herumlagen.«

Thyra, die eben nach einem der Beweisfotos gegriffen hatte, fuhr angeekelt zurück. »Freut mich, dass ihr mir dieses Beweismittel nur in Form eines Fotos präsentiert«, sagte sie trocken und betrachtete das Bild des verendeten Saiblings, das im Großformat vor ihr auf dem Tisch lag. »Andernfalls wäre mir jetzt wahrscheinlich schlecht geworden.«

»Nachdem der Groschen einmal gefallen war, gab es natürlich noch einen Haufen anderer Hinweise auf das, was Bense geplant und getan hatte«, berichtete Benthien weiter.

»Ja, das Auffinden des Schlüssels war nicht Johns einziges Verdienst«, betonte Lilly. »Er hat etwas entdeckt, das ich zwar auch gesehen habe, was mir aber trotzdem entgangen ist.« Sie griff nach einem anderen Foto, denn die physischen Beweismittel waren inzwischen längst in der Asservatenkammer. »Siehst du diesen bekritzelten Notizblock, Thyra? Siehst du, wie sich hier unten auf der Seite Schrift von der darüberliegenden Seite, die abgerissen wurde und die wir auch nicht mehr finden konnten, durchgedrückt hat?«

Fitzen legte ihr ein weiteres Foto vor, auf dem inmitten einer Bleistiftschraffierung einzelne Buchstaben in Weiß sichtbar wurden.

»Ano…s con…ssions«, las Thyra etwas ratlos. »Die Buchstaben dazwischen kann ich nicht entziffern, die haben sich nicht fest genug durchgedrückt.« Sie betrachtete Benthien voller Respekt. »Jetzt sag bloß, du konntest die lesen?«

»Ich habe vor Jahren einen Artikel über ein amerikanisches Forum gesehen, das sich ›Anonymous Confessions‹ nennt, also ›Anonyme Beichten‹. Da kann jeder etwas loswerden, das ihm auf dem Herzen brennt und über das er sonst mit niemandem sprechen kann. Hardy war drei Jahre in Amerika gewesen, er kannte offenbar diese Website. Und dort habe ich tatsächlich sein Geständnis gefunden, dort hat er alles aufgeschrieben und sein Herz ausgeschüttet. Lest selbst.«

Er schob Thyra und Holm Ingwersen zwei Kopien hin, eine in Englisch, die andere enthielt die deutsche Übersetzung. Jemand, der sich bezeichnenderweise »Gabi's Lover« nannte, hatte Folgendes geschrieben:

*Hi folks,
ich kenne und schätze eure Seite, aber ich bin zum ersten Mal hier aktiv.
Ich muss euch etwas beichten. Ich habe meine Mutter getötet, und ich weiß nicht, ob ich damit weiterleben kann. Es war nicht meine Absicht, und ich bereue es zutiefst. Sie war eine alte Frau. Ich habe sie mit einer heißen Bratpfanne erschlagen, als sie gerade das Essen für mich zubereitet hat.
Was für eine Ironie! Meine Mutter hat immerzu Essen für mich gemacht. Sie hat mich gemästet, so wie man Gänse stopft, bis man sie schlachtet und ihre Leber verwerten kann. Warum? Ich weiß es nicht. Sie hat mich zeitlebens als ihr Eigentum behandelt, mit dem sie machen konnte, was sie wollte.
Ich hatte kein eigenes Leben, ich funktionierte wie eine Marionette. Ich muss mir selbst vorwerfen, dass ich ihr immer nachgegeben habe, dass ich schwach und wehrlos war, denn ich wollte einfach nur Frieden haben und nicht im täglichen Streit mit meiner Mutter leben. Ihr selbst war das anscheinend egal, sie liebte den Streit.
Andererseits will ich meine Tat nicht erklären oder entschuldigen, denn sie ist nicht zu entschuldigen. Ein Gericht kann einen Menschen verurteilen, eine Zivilperson hat dieses Recht nicht. Nur hätte eben kein Gericht der Welt meiner Mutter etwas vorwerfen können.
Ich will jetzt nicht weiter darüber reden oder mich gar rechtfertigen. Das ist nicht der Grund, warum ich hier schreibe.
Das, was mich umtreibt, was ich nicht verstehe, ist meine Reaktion danach. Ich hatte meine Mutter getötet … und danach habe ich mir einfach ein Brot geschmiert und habe mich an die Strandpromenade gesetzt, um zu Mittag zu essen. Was ich gerade getan hatte, war total*

aus meinem Gedächtnis verschwunden. Ich glaube, man nennt das »abspalten« in der Psychologie. Ich habe mich nach der Tat auf eine Bank gesetzt, mein Butterbrot gegessen und aufs Meer hinausgesehen, und in mir herrschte völlige Leere, kein Gefühl, kein Gedanke war mehr in meinem Kopf. Auch als man mir wenig später sagte, dass meine Mutter tot sei, habe ich wie ein Roboter gehandelt, wie ein Mensch ohne Seele, ohne Erinnerung. Später hat man mir gesagt, dass ich geweint habe. Danach hatte ich Albträume, jede Nacht. Ich wurde beherrscht von Dämonen und dunklen Schatten, die mich fest im Griff hatten und denen ich nicht entrinnen konnte. Und irgendwann, nach ein paar Tagen, dämmerte mir langsam durch diesen Nebel des Schreckens, was wirklich geschehen war. Was geschehen sein MUSSTE.

Hätte Gabi mich nur geliebt und mich nicht ständig zurückgestoßen, wäre das alles wohl nicht passiert. Für mich war sie der wichtigste Mensch in meinem Leben gewesen.

Ich ziehe nun die Konsequenzen, denn ich kann mit dieser Schuld nicht leben. Aber da gibt es noch jemand anderen, der ebenso schuldig ist wie ich, und derjenige muss bestraft werden. Vielleicht kann ich irgendetwas wiedergutmachen, indem ich diese Strafe jetzt selbst in die Hand nehme.

Ich bin froh, dass es ein Forum wie das eure gibt, denn sonst hätte ich meine Geschichte wohl niemals aufgeschrieben. Diese Beichte hat einen kleinen Zipfel von meiner Schuld, die auf mir lastet wie ein Federbett aus Steinen, gelüftet und mir gutgetan.

Lebt wohl.

256 Menschen hatten diesen Bericht kommentiert. Ein Teil hatte Betroffenheit und Mitgefühl geäußert, ein

Großteil hatte Bense wortreich verurteilt, es gab etliche Hasskommentare, und einige machten sich Sorgen darüber, dass Bense Selbstmord begehen könnte, und sprachen ihm Mut zu, zu seiner Tat zu stehen. Etliche rätselten, was er wohl mit seinen letzten Worten gemeint hatte, und warnten ihn, noch weitere Schuld auf sich zu laden.

Doch Hartmut Bense hatte sich auf dieser Seite und zu den Kommentaren nicht mehr gemeldet.

Benthien sagte: »Als ich das las, bestand natürlich kein Zweifel mehr: Bense wollte Selbstmord begehen und es aussehen lassen wie ein Verbrechen, das Gabi Tammen begangen hat. Und beim zweiten Durchlesen fiel mir noch etwas viel Wichtigeres auf. Diesen einen Satz: *Es war nicht meine Absicht, und ich bereue es zutiefst*, haben wir schon einmal gelesen, wortwörtlich ...«

»In der E-Mail von Gabi Tammen an Hardy Bense!«, sagte Thyra fassungslos.

»Richtig. Er meinte wirklich, was er sagte, deshalb hat er es unbewusst in beiden Sprachen, Deutsch und Englisch, so formuliert. Denn er war natürlich der nächtliche »Einbrecher« in Gabis Haus. Er hat die E-Mail auf Gabis Laptop geschrieben und an sich selbst geschickt. Und er hat sich Stofffetzen aus Gabis blauer Regenjacke besorgt. Er hat das alles wirklich minutiös in dem Augenblick geplant, als er beschlossen hatte, sich umzubringen. Gabi sollte nicht straffrei ausgehen. Unbewusst hat er diesen einen Satz zweimal verwendet.«

»Zum Glück, um jeden Zweifel auszuräumen, haben wir dann noch dieses Video auf unseren Aufruf erhalten«, fuhr Benthien nach einer kleinen Pause fort, »sieh es dir mal an.«

Er klappte den Laptop auf und startete einen Film. Darin war eine attraktive junge Frau zu sehen, die am kleinen Sandstrand des Baggersees für Modeaufnahmen posierte. Aufnahmen für einen Versandhauskatalog, wie sie inzwischen wussten. Die Kamera zeigte ständig denselben Bildausschnitt, Strand, See, das Model. Da jener Dienstag ein kühler, windiger Tag war, schienen kaum Badegäste da gewesen zu sein. Der Teil des Baggersees, in dem Hardy gefunden wurde, lag einige hundert Meter entfernt vom Badestrand. Doch plötzlich tauchte oben an dem steilen Kieshang eine ferne Gestalt auf … eindeutig Hardy Bense. Er war allein. Eine Weile stand er da und starrte ins Wasser. Dann hob er etwas auf, das aussah wie ein Stein, und schlug sich damit seitlich auf den Hinterkopf. Da er das erste Mal wohl zu zaghaft gewesen war, wiederholte er den Schlag, dann schleuderte er den Stein ins Wasser.

Er wankte kurz, blieb still stehen, erholte sich offenbar wieder und kämpfte sich durch Gestrüpp und unwegsames Gelände ein Stück zurück bis zu einer Stelle, an der das Gelände flacher wurde und man leicht das Ufer erreichen konnte. Benthien wusste, dass dort hinten das Wasser bis direkt an den Hang grenzte und damit unattraktiv für Badende war. Außerdem war das Baden an der Stelle verboten. Bense war für die Kamera kaum noch zu sehen, da er zu weit weg war, bis er nach einer gefühlten Ewigkeit doch wieder kurz ins Bild geriet. Er watete durch knietiefes Wasser bis fast zu dem Steinquader … und dann war er plötzlich verschwunden. Einfach weg. Obwohl sich Benthien den Film schon des Öfteren angesehen hatte, überlief ihn jedes Mal ein kalter Schauer. Ein Mann verschwand im See, ungesehen, unbemerkt, und offenbar ohne zu zögern. Auf der Wasseroberfläche, die die Kamera zeigte, tauchte er jedenfalls nicht mehr auf.

Der Fotograf hatte dazu glaubwürdig erklärt, er habe den Mann überhaupt nicht bemerkt, da er sich auf den

Vordergrund, auf das Model und seine Bewegungen, konzentriert hatte. «Selbst wenn dahinten ein Heißluftballon aufgestiegen wäre, ich hätte ihn nicht beachtet«, hatte er versichert.

»Diese Aufnahmen beweisen«, sagte Fitzen zu Thyra, »dass Hardy Bense allein am Baggersee war. Niemand sonst war in der Nähe. Dieser Fotograf hat Hardys Suizid quasi auf Film gebannt, ohne es zu wissen.«

Für eine Weile war es still im Raum. Thyra nahm ihre Lesebrille ab und legte das Blatt mit Hardys Beichte auf den Tisch. »Bense hatte wirklich vor, Gabi Tammen für seine Schuld büßen zu lassen, und wenn schon nicht für den Tod seiner Mutter, dann für den Mord an sich selbst«, sagte sie, fast mehr zu sich als zu den anderen. »Mein Gott, wie krank ist das denn?«

»Ich glaube«, sagte Fitzen, »er hat es als eine Art Gerechtigkeit angesehen, nach seiner eigenen, speziellen Logik. Zuerst glaubte er ja wirklich, Gabi hätte seine Mutter umgebracht. Dann dämmerte ihm, dass er selbst es war, und damit konnte er nicht leben. Aber er gab für seine ganze Misere Gabi die Schuld. Hätte sie ihn geliebt, wäre er mit ihr glücklich geworden, dann wäre das alles nicht geschehen. Das war seine verquere Logik. Folglich hat er alles getan, damit sein Selbstmord doch noch einen Sinn bekam, nämlich den, auch Gabi mit in den Abgrund zu reißen. Ich gehe stark davon aus, dass er Quest für seine Aussage bezahlt hat. Er wollte einfach in jeder Hinsicht auf Nummer sicher gehen, dass wir Gabi auch wirklich drankriegen. Und zu Gabis Pech war Quests Aussage eine unheilvolle Mischung aus Lüge und Wahrheit!«

»Was für ein Wahnsinn!«, bemerkte Thyra.

»Früher hätte man wohl gesagt, er war gemütskrank«, meinte Benthien. »Und das alles nur deshalb, weil Gabi Tammen ihn nicht lieben wollte.«

»Ich würde sagen, niemand hat ihn geliebt«, ergänzte Lilly. »Auch seine Mutter nicht. Sie hat ihn sich einverleibt wie Tiere, die ihre Jungen fressen. Er hatte keine Chance im Leben.«

Nachdem Benthien die Pressekonferenz hinter sich gebracht und Thyra wieder in ihrem Reha-Zentrum abgesetzt hatte, wollten er und seine Kollegen nur noch nach Hause. In Flensburg wartete noch eine Menge Arbeit auf sie im Fall Bense.

Gabi Tammen war inzwischen entlassen worden. »Meine ganze Hoffnung ist, dass ich für Hardys Onkel die Häuser verwalten darf«, sagte sie zu Benthien, Fitzen und Lilly, die sie nach Hause fuhren. Sie wirkte abgemagert, wie ein Strich in der Landschaft, obwohl das nach drei Tagen kaum möglich war. Über Hardy Bense sprach sie nicht. Auch sie würde noch einige Zeit brauchen, um über diesen Schock hinwegzukommen.

Oskar Laukat hatte seine Frau beerdigt und war mit seinem Sohn abgereist, und um Raffael Quest, sagte Benthien zu Thyra, würde er sich auch noch kümmern. In ein paar Tagen. »Der kommt mir nicht so mit seiner Falschaussage davon!«

Er war gerade dabei, seine wenigen Sachen zusammenzupacken, als Fitzen vor der Tür stand, um ihn abzuholen. Benthien sah auf die Uhr. »Jetzt schon? Wir haben noch Zeit, bis die Fähre geht.«

»Wir müssen trotzdem los. Mach einfach mal, was ich sage, okay, Alter?«

»Was hat denn den gebissen?«, sagte Benthien zu Lilly, nachdem sie ausgecheckt hatten, doch Lilly lächelte nur vielsagend. Verwundert setzte sich Benthien auf den Beifahrersitz, denn Fitzen bestand darauf, selbst zu fahren.

»Kleines nachträgliches Geburtstagsgeschenk«, sagte er nur, bevor er in Richtung Nieblum startete. »Ich zeige dir jetzt etwas, was du mit Sicherheit noch nicht kennst.«

Benthien glaubte seinen Augen nicht zu trauen, als Fitzen an einer Anlage entlangfuhr, die stark nach Weinanbau aussah. Menschen mit Körben und Bütten waren zwischen den Rebstöcken unterwegs, um die Trauben per Handlese zu ernten. »Unser Geschenk für dich: Weißwein aus Föhr, aus Deutschlands nördlichstem Weinanbaugebiet!«, verkündete Fitzen, als er kurz darauf vor einem Ladengeschäft anhielt.

Benthien, der Weinliebhaber, konnte nur staunen. Das hatte er nun wirklich nicht gewusst, und über Tommy Fitzen, der eher Bier als Wein oder härtere Sachen trank, wunderte er sich ebenfalls. Fitzen konnte Weintrauben doch kaum von Stachelbeeren unterscheiden!

Nachdem er sich ein paar Flaschen Wein ausgesucht hatte, setzten sie sich an einen kleinen Tisch in die Sonne, probierten den Wein vom letzten Jahr und genossen die frische, salzige Luft, die letzten warmen Sonnenstrahlen, den blauen Himmel. So, dachte Benthien, ließ sich das Leben genießen. Er wünschte, es gelänge ihm, den Fall Bense möglichst bald aus seinem Gedächtnis zu streichen.

»Wir sind alle noch ein bisschen mitgenommen von den Ereignissen«, sagte Lilly und hob das Glas, »aber durch Johns geniale Ermittlungsmethoden haben wir ihn gelöst. Auf dich, John!«

»Und auf uns«, ergänzte Fitzen. »Meine Oma hat immer zu mir gesagt: Wenn wir dich nicht hätten und die kleinen Kartöffelchen!« Er wandte sich an Benthien.

»Das war ein Kompliment, Johnny-Boy, falls du es nicht gemerkt haben solltest! Prost!«